MOOK

2 0 2 1

第十一期

图书在版编目(CIP)数据

诗词中国. 第十一期/诗词中国丛刊编辑部编. —北京:中华书局,2021.7
(诗词中国丛刊)
ISBN 978-7-101-15263-0

Ⅰ. 诗… Ⅱ. 诗… Ⅲ. 诗词研究-中国 Ⅳ. I207.2

中国版本图书馆CIP数据核字(2021)第132592号

书　　名　诗词中国　第十一期
编　　者　诗词中国丛刊编辑部
丛 书 名　诗词中国丛刊
责任编辑　陈　虎
出版发行　中华书局
　　　　　(北京市丰台区太平桥西里38号　100073)
　　　　　http://www.zhbc.com.cn
　　　　　E-mail:zhbc@zhbc.com.cn
印　　刷　北京市白帆印务有限公司
版　　次　2021年7月北京第1版
　　　　　2021年7月北京第1次印刷
规　　格　开本/710×1000毫米　1/16
　　　　　印张9　字数100千字
印　　数　1-1500册
国际书号　ISBN 978-7-101-15263-0
定　　价　36.00元

【卷首语】

正月初六，传来了叶嘉莹先生荣获“感动中国2020年度人物”的讯息，我喜不自胜！

“感动中国”是中央广播电视总台综合频道的一档品牌栏目，2002年10月开播以来，每年都通过多种投票方式推出一批年度人物，这些人物身上都有一种让观众感到心灵震撼的精神力量。因此，“感动中国”节目也被誉为“中国人的年度精神史诗”。

近百岁高龄的嘉莹先生为什么能够感动中国？是她多年漂泊最终叶落归根的祖国情怀？是她一生研究、创作、传授中华诗词的杰出成就？还是她慷慨捐赠支持中国传统文化研究的崇高境界？

叶嘉莹先生的颁奖词，道出了她感动中国的原由，可谓言简意赅，具体生动，耐人寻味。

> 桃李天下，传承一家。你发掘诗歌的秘密，人们感发于你的传奇。转蓬万里，情牵华夏；续易安灯火，得唐宋薪传；继静安绝学，贯中西文脉。你是诗词的女儿，你是风雅的先生。

嘉莹先生感动中国，我则为嘉莹先生感动中国这件事而感动！

这是中华诗词的荣耀。中华诗词自《诗经》以降，薪火相传，与时俱进，到了当代，读背诵写，范围覆盖之广，参与人数之众，无与伦比。嘉莹先生因致力于中华诗词事业而感动中国，从而为中华诗词增添了炫目的色彩。

这是中华诗人的荣光。嘉莹先生，总其一生，就是一个“诗”字。说她是“诗词的女儿”“风雅的先生”，恰如其分。她以其创作的大量诗词、课堂的精彩诗教、诗论的真知灼见，诠释了诗人的内涵，树立了诗人的标杆，让诗人懂得了如何才能赢得尊重和荣光。

这是中华诗词复兴的动力。中华诗词复兴，是中华民族伟大复兴的内在要求，正处于空前优越的社会经济环境。中华诗词复兴，呼唤全社会的参与和支持，需要千千万万个“嘉莹先生”奋发有为。嘉莹先生之感动中国，给中华诗词复兴大业注入了“振奋”，喊出了“加油”，给了一把“推动”。

正是被嘉莹先生感动中国而感动，我旋即写出绝句一首，突出表达的就是这件事的意义：

> 感动神州一众星，诗坛翘楚靓云屏。
> 殊荣激起千帆上，平仄风吹遍地青。

相信嘉莹先生之感动中国，一定会对“诗词中国”建设产生无形的重要影响。

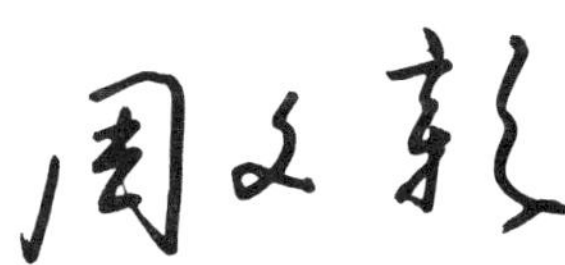

主办： 中华书局 中华诗词研究院
编辑部地址： 北京市丰台区太平桥西里38号
邮编： 100073
电话： 010-63260766

www.shicizhongguo.com
投稿邮箱：sczgmook@163.com

诗词中国微信公众号

诗词中国客户端 苹果版

诗词中国客户端 安卓版

目 录

【清雅诗怀】

【山水诗踪】

【PK唐宋】

【合璧联珍】

【海外诗鸿】

【华夏诗阵】

【诗坛撷英】

【以诗会友】

【诗界动态】

特稿

关于中华诗词复兴的思考

周文彰

编者按:

2020年12月，由中华文化学院（中央社会主义学院）、中国作家协会《诗刊》社、《中华辞赋》杂志社主办的第二届中华诗词复兴研讨会上，中华诗词学会会长、国家行政学院博士生导师周文彰就“中华诗词复兴”这一主题作了发言。发言中，周文彰围绕“中华诗词复兴”这一主题，用十二句话进行阐发。本栏目刊出此次发言的要点，供诸位诗友研讨学习。

第一句话：中华民族伟大复兴呼唤中华诗词复兴

中华民族伟大复兴包含着中华诗词的复兴。中华诗词是中华民族的伟大创造，是中华民族的精神标识之一。所以，民族的复兴，必然要求诗词的复兴；民族的复兴内在包含诗词的复兴。没有诗词复兴，民族复兴就是不全面、不完整的。所以，我们致力于中华诗词的复兴，实际是在履行着我们的一种使命，那就是为文化强国的建设，为中华民族的复兴尽我们诗词的一份力量，尽我们诗人的一份努力。

第二句话：中华诗词复兴正处于重要机遇期

党的十九届五中全会指出，我国发展仍然处在重要战略机遇期，尽管全球化遭遇回头浪，尽管新冠肺炎疫情仍然在全世界肆虐。这是一个极为鼓舞人心的重大判断。

我国发展的重要战略机遇期当然也是中华诗词的重要历史机遇期，不同的是，中华诗词复兴的机遇更加突出、具体，而且很多很多。这里我列举四个方面：

习近平总书记大力推动弘扬中国优秀传统文化、信手拈来运用中华诗词名篇名句、带头作诗填词，为中华诗词复兴吹响了进军号。

我国在2035年建成文化强国的目标，为中华诗词复兴下达了任务，提供了空间。中华诗词的复兴是文化强国的一个重要组成部分。

人民对美好生活的向往，内含着对中华诗词复兴的由衷的期盼。美好生活就是充满诗情画意的生活。

全面建成小康社会，为中华诗词复兴提供了丰厚的经济基础，使我们有充分的条件发展诗词曲赋事业。

第三句话：中华诗词热是中华诗词复兴的良好开端

这些年，神州大地渐渐地掀起了诗词热潮，而且一浪高于一浪。诗词学习、诗词欣赏、诗词朗诵、诗词演唱、诗词创作等，已经成为一种社会风尚。

就拿诗词演唱来说，我就看过一场名为“诗韵中华”的诗歌音乐舞蹈表演，五年前在镇江首演，迄今在全国上演了几十场，并得到文化部推荐与资助，走进洛杉矶、旧金山。我看了首场演出，很吸引人。这是由一个纯粹的民间诗词团体“世界华语诗歌联盟”主办主创的。我看的第二场诗词演出是在第五届“诗词中国”启动仪式上的音乐剧“诗经·采薇”，演出把观众深深吸引了。这是中国出版集团旗下中版文化总经理包岩女士（现为中华诗词学会副会长）操办的。

诗词“六进”活动也在如火如荼地展开，六进包括：进校园、进机关、进社区、进农村、进企业、进景区。可以说，有多少个地方，有多少个单位，就有多少个“进”。还有诗词公园、诗词墙、诗词街区、诗词展览、诗词酒店等建设。更有中国诗词大会、“诗词中国”大赛等诗词活动，轰轰烈烈，轰动全国，影响世界。

这就是我所说的“中华诗词热”，是中华诗词复兴的良好开端，也是标志。

第四句话：中华诗词复兴形成了推动合力

这些年，推动中华诗词复兴的力量很多。

我们首推宣传文化部门。比如，宣传部、文联、作协、新闻出版机构，这是一支最强有力的推动力量。

第二是教育系统。比如教育主管部门、各级各类学校、社会培训机构等，它们是又一支强劲的推动力量。

第三是企事业单位。一些有文化、有公益心的企业家资助中华诗词比赛、演出、出版、诗词设施建设等，出资注入诗词发展基金。

第四是中华诗词学会、省市诗词学会（协会）等遍布全国各地的各级各类诗词社团。它们组织开展了丰富多彩的诗词活动，成为中华诗词复兴的重要组织者和推动者。

第五是广大诗词作者。专业的、业余的，退休的、在职的，老年人、年轻人，还有中小学生，军人、市区居民、打工的、种田的，健康人、残疾人等等，估计有300多万人。他们热爱诗词，视作诗填词为生活、为生命、为事业。

所有的这些力量以及我未能讲到的其他力量，形成了中华诗词的大合唱，成为中华诗词复兴的推动合力，做出了各自的努力和贡献。

我在中华诗词学会第五届第一次会长会议上强调过，各级诗词学会的领导班子，个人诗词创作要继续、要提高，但这是次要的，主要的任务就是组织诗词活动。我们要践行四句话：发展诗词事业、组织诗词活动、发挥诗词作用、培养诗词新秀。一个诗词学会，如果没有活动就没有生命，就是僵尸。社会团体的生命就在于活动。

第五句话：中华诗词复兴既要普及更要提高，写出诗词精品

一是普及。要想复兴，不形成一定的规模，不形成一定的人气，不形成一定的氛围，何谈复兴？这就要普及。普及追求的是覆盖面，包括地区的覆盖、组织的覆盖、人口的覆盖。组织，是指党政机关、机关学校、企事业单位、群众团体等等。

二是提高。普及的同时一定要有提高。提高追求的是精美度，包括思想、意境、技巧、艺术等各要素的提高。

我们讲的提高是普及基础上的提高，我们讲的普及是提高引领下的普及。没有普及的提高，是阳春白雪，和者必寡；没有提高的普及，是只求数量，忽视质量。不管是普及还是提高，中华诗词的复兴，都要形成一个越来越多的人在“读诗、诵诗、写诗、用诗”的局面。

第六句话：中华诗词复兴取决于诗词社会功能的发挥

诗词的功能是多方面的。到底有哪些功能，这是理论研究者要去研究的问题。在这里，我只能粗浅地点一点。比如：陶冶性情、抒发感情、表达志向。这些都是诗词的功能，是个人层面的功能。

这里我要讲的是发挥诗词的社会功能。中华诗词复兴的标志之一，就是它一定要有一定覆盖面和美誉度。因此，每逢重大纪念活动（比如纪念毛泽东同志诞辰）、庆祝活动（比如庆祝建党一百周年）、重大事件（比如全面建成小康社会）、重要斗争（比如抗击新冠肺炎的斗争）、重要历史时期（比如两个一百年交汇期）等等，要组织多种多样的诗词活动，包括开展创作、朗诵、演出、诗教活动，来发挥诗词的社会功能。特别是我们还能“以诗化境”（诗化环境）、“以诗化人”（感染熏陶）、“以诗化力”（优化旅游资源等吸引力、生产力等）。这些都叫“有为”，有为才能有位！无所作为，是争取不来位置的，也不可能出现中华诗词复兴的，充其量也只是诗人范围内的自娱自乐。这种自娱自乐不是真正意义上的复兴，我们推动的复兴一定要有一定程度社会性、群众性。

第七句话：中华诗词复兴需要创作和评论两轮驱动

首先需要创作，没有一定数量和质量的诗词谈不上复兴。同时，创作水平的提高一定要有评论的驱动。通过评论，作者知道什么样的诗词是好诗词，对创作起到支持、鼓励和指导作用，评论还能影响读者对诗词的理解。

评论不光是肯定，还包括批评。文学评论和文学批评早就是一门学科了，成为一个专门的研究方向。我希望诗评也成为一个研究方向甚至一门学科。我们要在诗词界让评论跟创作成为中华诗词复兴的两个轮子、两个翅膀，并驾齐驱，同时推动。当然，批评应当是善意的，而非恶意的；应当是建设性的，而非攻击性的；应当是能够接受的，而不是引起反感和不满的。所以，批评是艺术，也是科学。科学要求实事求是，艺术要求讲究时机、讲究分寸、讲究语言等等。

第八句话：中华诗词复兴要求处理好守正与创新的关系

中华诗词是个久远的传统，一定要继承和守正。比如在句数、字数、平仄、押韵等方面，我们要守正，不能随心所欲，随便更改。但是在题材、意境、文字方面要大力创新，这是创新着力点之所在。至于对仗、押韵能不能放宽要求呢？大家早有探讨，马凯同志的“求正容变”说，得到很多诗词家的共鸣。大体可以说，形式要守正，内容要创新。

内容创新就需要我们转变诗词审美观念和评价尺度。比如我曾听人说过，这样的字或词语不能出现在诗句里，不像诗。现在，我想请大家考虑，“西楼”是诗的词语，“电视塔”能不能入诗呢？“幽径”经常在诗词里看到，“高铁”能不能出现在诗词里呢？“斜阳”经常出现在诗词里，“雾霾”呢？“锄禾日当午”的“锄禾”可以，那么“抗疫”呢，能入诗吗？“砚田”可以，“油田”呢？

实际上，说这个词语能入诗，那个词语不能入诗，是长期阅读古诗词形成的一种阅读眼光，看顺眼了。当代词语如果不能入诗，诗词怎么反映当代生活呢？怎么能讴歌新时代呢？我们应该转变诗词审美观念和诗词评价尺度，而不能以古人用过的词汇为尺度和框架，来评价和看待今人的诗词语言。否则，中华诗词没法复兴，复兴了也没法具有时代性。这方面，我希望大家多发表看法，来引导和推动中华诗词义无反顾地往前走，而不是守旧和僵化。

第九句话：中华诗词复兴依赖于一支合理的人才梯队

这个人才梯队就是：老、中、青、少。现在的情况离这一点还有不少差距。就拿诗词学会（协会）这个组织来看，领导成员多数都是退休人员，年轻人很少。创作队伍中，也是退休人员居多。各级中华诗词学会不能成为退休人员的俱乐部，我们不能眼睁睁地看着一代又一代的人退休之后才想起拿笔创作中华诗词。作为一定时期的过渡是可以的，但长此以往就有问题了，也难以证明是复兴了。

因此，我们就有承上启下的重任。要利用我们这个组织的力量，发挥组织的作用，培养新秀，培养新人。“六进”就是一个很好的载体。我希望各级各类中华诗词组织要把“六进”当作比个人创作更重要的事情来抓，逐步形成“老、中、青、少”四个梯次的队伍结构。这样，中华诗词队伍就会后继有人。才会似长江流水、奔腾向前又绵延不绝。

第十句话：中华诗词复兴需要广泛传播

传播才能普及，传播才能形成氛围，传播才能推动中华复兴的进程。传播的内容很多，凡是中华诗词涉及的诗词创作成果、丰富多彩的诗词活动、百花齐放的诗词理论、突出的诗词人才、诗词家庭、诗词酒店等，要作为典型大力宣传。还有夫妻诗人、父女诗人、母子诗人等等，都是我们要传播、褒扬、塑造的典型。

现在传播的媒介越来越多，报刊杂志、广播电视、互联网、微信、微博、抖音、快手、西瓜视频等等，层出不穷的新媒体，我们都要把它们利用起来。因此，我在这里真诚地呼吁，有些报纸应当改变“不刊登诗词”的不成文规定。

第十一句话：中华诗词复兴应当推动当代诗词“入史”

当代文学史没有当代格律诗词的一席之地，这多少让我们搞诗词的人有一点失落。全国几百万诗词作者，比写小说、写散文的少不了多少啊！每年创作的诗词加在一起，作品数量也一定非常可观。湖南省诗词学会每年编一本《诗词前沿》，以他们的眼光在全国范围内遴选诗词的精品力作，其中不乏可以“入史”的作品。诗词发挥这么大的作用，到处都能看到诗词的踪影、诗词的影响，而当代诗词却不能“入史”，这对诗词作者来说，不能不说有一种失落。

现在，我们要把对中华诗词“入史”的呼吁变成一种实实在在的行动。会后，中华诗词学会将成立专门机构，邀请各方面的诗人、专家学者一起调查研究，做一些实实在在的努力，让中华诗词“入史”的愿望变成行动，稳步推动中华诗词“入史”工作。

第十二句话：中华诗词复兴需要深入的理论研究

人的活动，无论是物质生产还是精神生产活动，都需要理论的指导。理论高度决定着中华诗词复兴的质量和水平。

因此，要高度重视诗词理论研究，广泛开展诗词理论研究。比如，诗词创作理论、诗词鉴赏理论、诗词传播理论、诗词批评理论、古代诗论、现当代诗论等等。我特别希望开展对现当代诗词的理论研究、理论梳理。

诗词理论研究不仅是专业诗词理论工作的事，诗人，包括诗词爱好者都要学习和研究诗词理论，改变创作和研究两张皮的现象。没有理论高度的指引，诗词创作也很难突破。就连中华诗词复兴本身也需要理论研究，否则，容易盲目、容易出现偏差。中华诗词复兴工作要在理论的指导下进行。比如，我们要研究中华诗词复兴的目标和标志，研究中华诗词复兴的途径和方法，研究中华诗词复兴的主体和对象。我们还要总结推广各地各方面推动中华诗词复兴的做法和经验，把它们上升到理论高度。

总而言之，要通过以上工作以及我还没有谈到的其他工作，把中华诗词复兴大业逐步推向前进。我们正在考虑依据党中央的十四五规划建议，制定中华诗词发展“十四五”规划和2035年远景目标。

祝这次中华诗词复兴研讨会圆满成功！

【专题】

关于“初学传统诗词创作诗体选择”问题的探讨

编者按:

初学传统诗词创作的朋友,常常困惑于从哪一种诗体入手的问题。有人建议,先从五七言绝句学起,也就是“先短后长”“先易后难”,循序渐进。有人则认为诗体选择因人而异,并无一定之规。关键是学习入门的规矩,体悟学诗的思维方式。

本期,我们邀请几位学者与当代诗人,谈谈他们对这一问题的见解。

张海鸥:

初学写诗宜先五律

初学写格律诗,先写哪一体更好呢?其实并无一定之规,因人而异,因时而异,因兴趣而异,先练哪一体都行,关键是体会入门的规矩,练习写诗的思维方式。

我教学生写诗,通常先让学生作五律和七律。因为中山大学中文系的学生专业基础和悟性比较好,就不必先对联,再律诗,再绝句,慢慢地循序渐进了。我比较性急,让学生直接进入完整的律诗写作,再慢慢体会细节,类似先囫囵吞枣,再慢慢咀嚼消化。

先写律诗的好处是完整体会各种格律元素如何融汇成章。平仄之论与不论,粘对的次第和规律,对仗的工与宽,章法结构之起承转合,以及各种主要的犯规:如失粘、失对、犯孤平、三平尾等等。

第一次上课就先讲格律诗诸要

素，重点是平仄格式和粘对规律，要求学生能在一节课上学会写出四种基本的平仄谱式。

第一课布置作业通常是作五律一首。比如有一次在广州大学城开课，自驾车时看到满目绿色成荫，想到大学城动议与建设的过程，不禁心有所感。想到学生们熟悉这里的环境，便布置作业写五律《绿岛怀古》，是否精彩先不论，首要的是体会作诗的套路。

我示范作诗，先序其背景和事由：

晚课命学生以此题作五律，首以“绿岛夜朦胧”起韵。小谷围岛乃五代南汉王署，今有南汉王墓，并南亭北亭等遗迹。岛民向以农、果、蔬、渔为业。近岁一纸政令，全岛建为大学城矣。

这是诗意缘起。写作步骤如下：

一、从眼前起意。先看看眼前是何时何地何人何事。题目既然是“绿岛”的傍晚，起句就“绿岛夜朦胧”吧。

二、判断开头句的平仄谱式：仄仄仄平平。按粘对规律导出全诗平仄谱。

三、首句是个开放性的开头，之后各种可能都有，比如爱情、兴亡、离别等等。题目既然指定了“怀古”，那么第二句就须引入这个方向：“寒鸦绕碧丛。”“寒鸦”是引起下文的关键意象。在古诗词中，“寒鸦”往往与兴亡、沧桑之类意思相关。此时天上有没有寒鸦呢?不重要。可能就成立。用“寒鸦”引出怀古话题，这就叫扣题。

律诗四联基本是起承转合结构。首联起，颔联承。颔联须对仗，是形式规则。承就是内容继续展开。既可以写作者眼中所见，也可以写心中所想，但必须是承上而来。作者可以旁观叙事，也可以直接登场叙说。我选择让作者出场：“徘徊思汉土，惆怅觅蓑翁。”这是阐释怀古的内容：一是对王朝兴与亡的思考，二是对富贵与贫贱、约束与自由的思考。所以用了两组有对比意味的意象：“惆怅”对“徘徊”，虽然都是动词，却有内在心情对外在动作之别，可算工对。“汉土”特指王朝政权，“蓑翁”特指江湖自由（顺便用了柳宗元“孤舟蓑笠翁”的典故），对仗成立。我最初用“汉土”对“王宫”，严重合掌了。改成“蓑翁”，意蕴大增，对仗就成立了。

颈联须转，或转深，或转折。“兴废千秋事，沧桑一令中”。这是转深，不是转折。顺着颔联说下来，依然是人事多变的话头。“千秋事”对“一令中”稍有不工，勉强成立。

尾联必须收束了，形式不必对仗。怎样关合前三联层层叙说的沧桑变化之意呢？应该有很多种结尾方式，天才诗人可能写出精彩的结尾。我才华有限，只是写了“当时池畔月，仍照旧亭东”。不过是说自然有常、人事多变而已。

从理论上说，诗的结尾越含蓄，引发人思考的可能性就越多。唐诗结尾多有这样的特性。具备尽可能丰富的可解释性，这是诗词表达区别于其他表达的突出特质。

当然还有选韵的问题。此诗为何选择“一东”韵呢？可能与“沧桑一令中”这个句子最先在思绪中出现有关。

但即便如此，还有首句入不入韵的问题。从初学者判断平仄的难易程度来说，首句不起韵稍微容易些，那就可用“绿岛朦胧夜”领起，第二句起韵，平仄谱最容易写出。接下来当然必须说明第二句为何用“丛”领韵，那就是因为“沧桑一令中”的先到。

需要说明的是，我这首示范之作很平庸，无精彩之处，符合规矩而已。但初学写诗，需要如此体会过程和细节。

这样一次实际操作性的全过程，将写一首诗的必须和可能都历练一遍，理论寓于实践中。

掌握了律诗的常识，再去理解绝句是如何“截取”首尾两联的，绝句如何将起承转合的思维精炼浓缩，绝句如何在三四句转折升华。

其实先写绝句并不容易，或者说那是比较高难度的。即便是修养深厚的熟手，能随时写出一首中规中矩的律诗，却未必能写出一首精美的绝句。这当然是就艺术角度而言。绝句篇幅太短了，必须炼出一个精妙的意思，前两句有好的铺垫，后两句转出一个提升境界的句子，才能成就一首好诗。比如“欲穷千里目，更上一层楼”，比如“我寄愁心与明月，随风直到夜郎西”。

如果只是凑成一首诗，绝句当然比律诗少了一半篇幅。这对那些像挤牙膏一样凑诗的作者而言，少了一半辛苦艰难；而对那些喜欢即兴口占、顺口溜来得快的人而言，四句确实比较便捷。

但凑够字句和写出好诗毕竟是

两码事，二者距离太大。大多即席即兴的顺口溜，其实只是凑热闹的笑料，一点艺术价值都没有。不幸的是，这却是诗坛热闹的常态。但这并不能证明初学写诗者应该先从绝句开始。如果只图拼凑容易，一开始就学习拼凑平仄字句的功夫，那就叫入门不正，一开始就入了顺滑之途。

总之，我主张先学写律诗，全面体会格律的各种要素如何融汇成章。

周子翼：

初学诗词创作的诗体选择

初学传统诗词创作的朋友，常常困惑于从哪一种诗体入手的问题。《红楼梦》中写香菱学诗一上手就是七律，林黛玉点评也头头是道，似乎学诗当从七律入手。我不知道香菱的基础如何，在学校我给中文专业的本科生讲授完诗词格律后，如果让他们交一篇七律的作业，大多是不成样子的，尽管他们多数人都憋了一两个星期。如果不限诗体，虽然质量也不是很高，但学生对绝句的把握好于五七言律，对律诗的把握好于古体，对小令的把握好于慢词长调；而在绝句中，对七绝的把握也多好于五绝。个人的经验虽然不等同于真理，可是如果我们分析总结这些经验，还是能发现一些问题，或许对初学诗词创作的朋友能有一点帮助。

首先，相比于五七言律诗，绝句的自由度较大。绝句分为古绝与律绝两类。古绝可以不拘平仄，只要押韵即可。律绝除了遵守平仄押韵的要求外，既可两联对仗，也可以上下任意一联对仗，还可以两联都不对仗。这相对于一般的五七言律诗来说，自由度是很大的。如果有很好的立意，或者较好的句子，完全可以不考虑格律与对仗，天马行空地组织成篇，不至于因为未能熟练掌握格律而束缚创作思维。这对于初学传统诗词创作的人来说，应该说还是较好的一种诗体选择。

其次，七绝比五绝更易于初学者把握。五绝从篇幅看，比七绝更为短小，似乎是更便于操作。事实上四句诗有起承转合，尤其是第三句转，去掉一两个转折性的词，要想组成完整、表达自然的句子，对于语言功底有欠缺的初学者来说是不太容易的。要知道高度的简洁凝练、爽利自然，绝非易事，而这恰恰是具有高古格调的五绝要求创作者所具备的功夫。因此，笔者不建议以五绝作为入门的阶梯。

再次，七绝那种适宜眼前景、口头语，以及可套用句式较多的创作特点，对于初学者来说，既不大需要学识，也不太需要文言文的功底，只需要诗情妙想，而且第三句还有转折性的句式可以模拟，天底下竟有这等好事，为什么不一试身手呢？关于七绝的句法，冯振先生做了归类，写了一本《七言绝句作法举隅》，可以参考。而历代因一两首七绝留名各种诗话的人，更是不胜枚举。

最后，七绝易作难工的特点，对初学者来说有很大的发展空间。虽然七绝容易成篇，但是要写得出彩却不容易，即便是大家如杜甫，也被明代的胡应麟批评，说他“于绝句无所解”。所举的例子就是妇孺皆知的那首“两个黄鹂鸣翠柳”。胡应麟认为它一句一景，没有勾连、照应、转折，是“断锦裂缯”。胡的批评不是鸡蛋里挑骨头，一点道理都没有。七绝注重谋篇，要求作者有整体意识。这对于进而学习五七言律写作，尤有助益。因为很多人作五七言律诗是先写好中间两联，最后凑上首尾两联，致使全诗只有中间两联较好，而全篇破碎，虽有亮点，但也只像萤火虫的尾巴，不足以动人。总之，七绝容易上手，有助于初学者树立信心；不容易作好，又富有挑战性；注重谋篇，可为其他诗体的写作训练思维方式。因此，初学写诗，从七绝入手，乃上上之选。

每一项技艺，都有它的门道。“道”是学习积累的过程，“门”是学习的突破口。上道入门，因人而异，有快有慢，有易有难。有终生不得其门而入的，也有一上手便直窥堂奥的。但不管怎样，总是有条“道”在等着你走，有扇“门”在等着你进。而且这个门道还有正有歪有邪，常言不是有“旁门左道”“歪门邪道”的说法吗？南宋时期的严羽，就对学习写诗的人说“入门须正”。事实上没有那么邪乎。艺术是练出来的，只要找到适合自己的方式去做，多看，多想，多写，多交流，一定可以成功，绝不会是“自古华山一条路”，而是“条条大路通罗马”。当然，哪条路最合适，大家最好还是根据自己的实际情况去选择。▣

何　智：

关于学诗门径的调查与思考

学诗应自律诗始还是绝句始？历来争议颇多。笔者初学写诗时，也常有相熟的朋友提醒：学诗当有门径，应自律诗始，方入正道云云。对此见解，笔者虽然尊重，但由于自身性格、兴趣诸方面的原因，终究没有遵循。

多年后，为了对朋友们的学诗之路有个大致的了解，笔者曾做过一个简单的调查，从几个活跃的微信群里，随机选了擅长绝句、擅长律诗、两者皆擅等三种不同类型，各十位不同年龄段的诗人，发出问卷，希望能从他们的答复中，发现一些规律。

所设问题主要有：一、您初学写诗时，是从什么体裁入手的？二、您的性格特点是活泼幽默、严肃凝重，还是比较适中？

关于第一个问题，收到的答复及统计数据是：擅长绝句创作的十位诗人，自绝句入手者八位，占80%；自律诗入手者两位，占20%。擅长律诗创作的十位诗人，自绝句入手者七位，占70%；自律诗入手者三位，占30%。两者皆擅的十位诗人，自绝句入手者六位，占60%；自律诗入手者四位，占40%。

总的来说，自绝句入手者共二十一位，占70%；自律诗入手者共九位，占30%。由此可见，绝句被大多数学诗者作为入门的首选体裁。

为什么会是这样呢？笔者以为：绝句形式短小，一瞬间的灵感，一瞬间的感动，往往就能催生一首不错的作品。对于初学者来说，其灵性非常适合借助这样的形式来发挥。而那种初战告捷的成就感，无疑会成为他们更进一步学习的动力。也许这就是多数人选择从绝句入手的原因吧。

但它是不是这种选择的唯一理由呢？

我们再来看第二个问题的有关答复及统计数据：擅长绝句创作的十位诗人，性格活泼幽默者七位，占70%。擅长律诗创作的十位诗人，性格活泼幽默者五位，占50%。两者皆擅的十位诗人，性格活泼幽默者六位，占60%。由此可见，性格活泼幽默者或许更适合写绝句。相比之下，性格如何，对于擅长律诗的诗人与综合创作能力较强的诗人来说，似乎并不十分重要。

这又是为什么呢？笔者以为，一般来说，性格活泼幽默的诗人，大多思维敏捷，致力于绝句这种更适合发挥灵性的体裁，或许比较容易有所成就；而律诗，则不专恃聪敏，更须仰赖学养与后天的努力，故与性格的关系不太密切。

总之，学诗应自律诗始还是绝句始，这个问题并不绝对，应该辩证地看待。从绝句入手而后来在诗歌创作中有所成就的诗人，比例是多一些；但从律诗入手而后来在诗歌创作中有所成就的诗人，毕竟也还有一定的数量。我们学诗伊始，似不必过于看重从哪种体裁入手这个问题，而应该根据自身的实际情况，理智地作出选择。这就好比学习书法时，有经验的老师总会根据学生各方面的因素为之选择碑帖，而每位同学也完全可以根据实际情况，以最合适的书家与书体作为自己入门的首选。

钟振振：

学诗宜先五七言绝句
——兼谈绝句的一般作法

常常收到一些陌生诗友的来信，问初学写诗应从哪种诗体入手？五七言绝句，还是五七言律诗？笔者的建议是“先短后长”，先从五七言绝句写起。也就是“先易后难”，循序渐进。譬如刚下海经商，财力有限，何妨先开爿社区小店，做些针头线脑、油盐酱醋的生意？等管理经验、运营资本积累到了一定的程度，再来组建大型超市、百货公司，过把当董事长或总经理的“瘾”，未为晚也。倘若只有“烹小鲜”的本事，那么先做餐饮也许是最明智的选择。即便有志与比尔·盖茨一争高下，且待玩转了电脑再说，慎勿贸然进军IT行业。

五七言绝句有古体，有近体。在近体诗中，五七言绝句是篇幅最短的体式；在古体诗中，五七言绝句也是篇幅较短的体式。因为短，所以易于成篇，便于初学。然而天下之事，“难”和“易”往往相伴而生，一如影之随形。从另外一个角度来审视，“至易”也可能正是“至难”。前人常谓五七言绝句“易作而难工”，也就是说，它虽然易于成篇，但真要写好却非常困难。长袖善舞，多财善贾，篇幅较长的诗歌体式，腾挪、回旋的余地较大；而写五七言绝句却好比在八仙桌上翻跟头，能完成最简单的动作就不错了，再要他“后空翻转体七百二十度”，您说难也不难？

五七言律诗通常要求两联对仗，只要一联对得精彩（如唐人王维五律《使至塞上》之“大漠孤烟直，长河落日圆”），就有可能成为名篇；而五七言绝句并不要求对仗，事实上多数作品也不大用对仗，这就更要强调整体配合，一笔都不能松懈。因此，从基本功训练的意义上来说，学诗先学五七言绝句是有道理的。它易而又难，较易而又较难，至易而又至难，弹性范围极大。资质平平者初学伊始即容易完稿，可以得到浅尝之下便小有绩效的喜悦，不至于知难而退；资质颖异者习之既久亦难得工妙，愈发激起继续深造而更上层楼的欲望，尤贵乎知难而进。五七言绝句写熟了，写得像那么回事了，再来学五七言律诗及篇幅更长一些的古体诗，举一反三，就要容易得多。

五七言绝句通篇只有四句，每句在全篇中的作用，前人多以“起、承、转、合”四字来概括。这是最基本的作法，初学者亦步亦趋，自然中规中矩。但“中规中矩”只是一般标准，合乎这一标准的未必都是好诗。一味“起承转合”，不敢越雷池一步，千篇一律，难免流于呆板。所以规矩还要活看，不讲规矩不行，死讲规矩也不行。以上都是老生常谈，一笔带过，下面说点个人的切身体会。以“打排球”为喻，如果我们把诗的题目比作“对方发球”的话，那么一般说来，五七言绝句的一、二两句，所担负的任务便是“一传”。对“一传”的要求，是“垫球”尽可能到位，以便“二传手”组织进攻。谁是“二传手”呢？第三句。这句相当关键，作用也相当灵活。它可以正面“高举”，将球高高“托”起，让“主攻手”跃起作“高点强攻”，一记“重扣”，落地开花；也可以来他一个“背飞”，手腕轻轻一翻，巧妙地把球传给身后的“副攻手”，出奇制胜，打得对方猝不及防。“攻击”的重任，非第四句莫属，自不待言。

“一传”不到位，“二传”便难以组织进攻；“二传”不到位，“攻球手”便难以有效地实施进攻；一、二传都到位了，而“攻球手”发力不够或角度不刁，攻球质量不高，也仍然得不了分。总而言之，每一个环节都要紧密衔接，不容有半点闪失，必须如行云，如流水，收卷自如，刀不能截；水穷云起，云逝水生，氤氲一气，浑化无痕。

注意，这只是“一般说来”！在特殊情况下，也不妨以第一句为“一传”，第二句为“二传”，三、四两句共同承担“攻球”的重任。甚或以前三句为“一传”，第四句为“二传”——在这种情况下，前三句的任务就都是铺垫，第四句才是“得分手”，比之于“二传”，便要靠出人意料之外的“吊球”来取胜了。▥

点睛之笔

奇想痴语见深情

陶文鹏

中国古代诗歌中有不少抒写友情、爱情、亲情、乡情的篇章，其情格外强烈、深挚，通常的直抒胸臆或借景抒情方法，已不足以表现。于是，诗人们打破常规，独出心裁，用荒诞奇特的想象和构思，写出一些看似无理的痴语傻话，反而收到奇而见真、痴而得深、无理而妙的特殊艺术效果。

夜台无李白，沽酒与何人

这是唐代大诗人李白的五绝《哭宣城善酿纪叟》的三、四句。此诗是李白为悼念安徽宣城的一位善于酿酒的纪老师傅而作。前两句：“纪叟黄泉里，还应酿老春。”说纪叟如今在黄泉之下，大约还会继续酿造香醇的老春名酒吧！这两句语言极朴拙，如脱口而出，但诗人居然想象老人死后仍如生前一样酿酒，把荒诞可笑的奇想说得如此真切，从而表达出了他对酿酒老人的痴情、深情，读者也感到无理而有情，并为之感动。三、四句，诗人继续以痴语问道：“老师傅！您生前曾经把老春好酒卖给我，让我获得最美好的享受。如今您所在的幽冥世界中没有我李白了，您酿了酒又将卖给谁呢！”言外之意，似乎纪叟原是专为李白酿酒而活着，而他酿的酒也只有李白赏识。这也是不合情理的奇思异想，问得毫无道理，如痴似呆。但我们反复寻味，这奇想，这痴语，把诗人与纪叟生前的交情，把诗人失去纪叟后的悲痛，表达得那么真挚、深厚、感人肺腑！

看取芙蓉花，今年为谁死

这是唐代诗人孟郊的五绝《怨诗》的三、四句。诗写女子相思的深情。通篇用代言体，是女子对丈夫说的话。前二句："试妾与君泪，两处滴池水。"意思是：试把我和你的眼泪，各自滴在莲花池中。为什么要滴在莲花池中呢？后两句解释说：看一看今年夏天，莲花被谁的泪水浸死！言外之意是：谁的泪更多，谁的泪更苦涩，莲花就将"为谁"而死，这样，就可以测出谁的相思之情更深了。这是多么奇妙的想象和构思！这位女子的话多么痴心、傻气！它使抽象的相思之情具象化，成为可见可感、可测可量的东西；它更把女子对丈夫既爱又怨的心理表现得令人触目惊心。正如近人刘永济《唐人绝句精华》所评："此诗设想甚奇，池中有泪，花亦为之死。怨深如此，真可以泣鬼神矣。"

孤舟夜泊东游客，恨杀长江不向西

这是明代诗人李梦阳的七绝《夏口夜泊别友人》的尾联。夏口，今湖北武汉市武昌区。诗写客舟夜泊夏口送别友人的孤寂之情。首联："黄鹤楼前日欲低，汉阳城树乱乌啼。"描写夏口夜泊时的景色：黄鹤楼前，夕阳即将沉落；与黄鹤楼隔江相对的汉阳城，绿树迷蒙，归鸦纷飞乱叫。此景的情调氛围，既沉寂暗淡，又迷乱喧闹，暗示友人别去后作者的复杂心绪。尾联抒情。东游客，作者自称，点明作者夜泊为的是明日继续东游，而友人离去是西游亦不言自明。作者曾与友人在舟中欢聚，友人离去后倍感孤寂落寞。"孤"字即是作者心情的点睛之笔。于是，从他的内心深处，自然发出"恨杀长江不向西"的怨恨之语。长江总是向东流入大海，不管作者怎样恼恨，它也不可能掉头向西。作者此语，是痴语，极荒唐无理。然而正如清人贺裳《载酒园诗话》卷一所云："诗又有以无理而妙者。"正是如此痴语，才能强烈地表达出作者后悔未与友人继续同游的心理，收到"无理而妙"的特殊艺术效果。

寄语莺声休便老，天涯犹有未归人

这是明代诗人徐熥的七绝《寄弟》的后联。徐熥与其弟徐𤊹并有才名，为明后期闽中才子。兄弟俩感情深厚。此诗当是徐熥寄给客游途中的弟弟，望其早归之作。前联：“春风送客翻愁客，客路逢春不当春。”是设想、揣测其弟徐𤊹在旅途中的境况。意思说：眼下正是春天，你在旅途一路上虽有春风相送，但你急于归家，日夜赶路，有奔波之苦，这大好春光反而会使你添加忧愁，因为在客路上所逢的春天，其实是算不得春天的。这两句虽是揣想之辞，但写得非常亲切，对亲人体贴入微，已表达出一种骨肉挚爱之情。三、四句紧承前两句。因为诗人深深体会到客路上奔波的弟弟无法享有真正的、安闲的故乡春光，又担忧弟弟赶回家时春光已逝，于是突发奇想：我要吩咐那些在故园绿树丛中婉转啼鸣的黄莺，不要唱哑了歌喉，不要啼“老”了声音，因为远在天涯还有一位未归的客子，我正盼着他赶回来一起欣赏故园的烂漫春光呢！春去夏来，这是大自然的规律。春天一去，莺声随之而老，谁也不能阻遏。然而诗人竟然痴想春光长驻、莺声不老。这出人意表的一笔，把诗人念弟望归之情表现得格外真挚深沉，饶有奇趣，耐人寻味。

河梁日暮行人少，犹望君归过板桥

这是明代女诗人薄少君的七绝《悼亡》的后联。薄少君嫁秀才沈承，承有才而早卒，少君为诗百首哭之。逾年，值承忌日，少君一恸而绝。此诗即是她的悼亡代表作之一。前联：“水次鳞居接苇萧，鱼喧米哄晚来潮。”描写她所居住的沿河市镇景色。水次，水边。萧，草名，是一种艾蒿。米，米虾。这两句说：在河堤上排列着鱼鳞般的宅屋，岸边水渚长满了芦苇和艾蒿。正是傍晚时分，潮水拍岸，群群鱼虾争食嬉耍，欢声喧闹。诗人以动衬静，用晚潮汹涌、鱼虾喧闹，反衬出岸边环境的清冷、萧索与空落，暗示了她丧失丈夫后索然独处的寂寞与痛苦。第三句写夕阳西下，寒意袭人，河边行人已逐渐稀少。我们读时，却宛如看见：沉浸在丧夫悲恸中的女诗人从白天“行人多”的时候就一直站立在河岸上，凝望着桥面，直到傍晚仍然在引颈长望。结句出人意料，惊心动魄。明明丈夫早已去世，她却茫然无知，照旧盼望着丈夫像昔时那样踏着夕阳、从桥上走回家来。这一句用最朴素自然的文字，写出了诗人在极度悲伤中的奇思异想和凄迷痴醉神态，是奇语，亦是痴语。然而正是如此奇语、痴语，才足以表达出她对丈夫的深挚爱情和丧夫的彻骨之痛，令人读之心弦震颤、感动落泪。

相思坟上种红豆，豆熟打坟知不知

这是清代诗人黎简的七绝《二月十三夜梦于邕江上》的三、四句。邕江，在今广西南宁市。乾隆五十一年二月十三夜，诗人梦见自己在邕江上，因有朋友回乡，便写家书托他带给妻子，才写了八个字，骤然梦醒，想到爱妻两年前已病故，悲痛难抑，作了五首七绝，这是第五首。前两句："一度花时两梦之，一回无语一相思。"一度花时：即一个春天里。两梦之：此年正月间，诗人也曾梦见亡妻，此为第二次。一回无语：指第一次梦中与亡妻见了面，却没有说话。一相思：指这次梦里却没见到面，只是想给她寄去自己的相思。前两句抒写他两次梦见亡妻的不同情景，已倾吐出他对亡妻的一片肺腑深情。三、四句由至情而生出奇想。他要在日思夜梦的妻子的坟头上种一株红豆树，盼望它结出鲜红晶莹的红豆以寄托自己的相思。他进而想象当红豆成熟，扑簌簌掉落在妻子坟头上，在坟墓中长眠的妻子是否能听到它们的美妙声响呢？显然，这是把死者仍当作生者看待的情痴之语，极荒诞，极匪夷所思。但唯有如此奇想奇情奇笔，方能畅写其内心之奇痛。全篇重复使用"一""相思""坟""豆"等字，读之如闻诗人喃喃自语，絮絮叨叨；"连珠格"的章法，又使四句诗紧密勾连、一气而下，把诗人急切、缠绵的情意表达得淋漓酣畅。▥

（转载自《点睛之笔：陶文鹏说诗》，凤凰出版社2019年版）

名家说诗

机锋应对妙成诗

林　岫

佛门禅对，又称丛林祇对、掉机锋、机锋应对。海内外的称名虽然不一，但应对的主要方式一致。应对，即通过面对面的问答智辩，有时还需要借助手势、语声、表情甚至肢体动作，来测试修业高深、智慧敏悟和应对魄力。这种积极的创造性思维活动，瞬时的思维碰撞，犹如边缘热敏效应产生高能粒子一样，意外和升华皆非寻常预见。举个容易理解的例子。东坡逢寺必访，一生结交过百余名禅师，料不是专为品茶悟静而来。某日入寺，老禅师问“来者何人”，东坡回答“秤也”。师又问“何秤”，答“乃称天下长老之秤也”。此际，老禅师积极思维活动的结果会敏悟地想到“无法用秤度量的是声音”，所以立即“哦哈”大喝一声，吼道：“请问这一喝，能重几斤？”东坡遂无言以对。掉机锋居然能难倒苏大学士，其智辩水平之高妙岂可小觑？

佛门反对文字立障，一向“以文辞为务斩之葛藤”。但事实上，文字记录并没有妨碍禅慧的传递，唐僧拾得就说“我诗也是诗，有人唤作偈”。在拾得看来，“说话与作诗、作诗与唱偈”，皆明心见性，善成于道，何其相似。有些“禅对”，原本也可以看作“诗对”。例如师问“如何是鹫岭境？”僧答“岘山对碧玉，江水往南流”（见《景德传灯录》卷二六），即是上好诗句。韩偓《寄禅师》诗曰：“从无入有云峰聚，已有还无电火销。销聚本来皆是幻，世间闲口漫嚣嚣。”从另一个角度看，也是一首禅趣十足的偈诗。读到宋代诗僧止翁的《无弦琴》，“月作金徽风作弦，清音不在指端传。有时弹罢无生曲，露滴松梢鹤未眠”，多半会想起东坡的《琴诗》，“若言琴上有琴声，放在匣中何不鸣？若言声在指头上，何不于君指上听”？止翁诗所表达的“因缘合会”，即《楞严经》所言“譬如琴瑟箜篌琵琶，虽有妙音，若无妙指，终不能发，汝众生亦复如是”，这与诗人东坡所表达的“物我会意”“物情通灵”等，一样随物赋形，述理兼得情趣。

看上去，释子作诗，参出机趣，是佛门事；兴来抒情述理，蔚然雅趣，是诗人事。但是，禅道惟在妙悟，诗道亦在妙悟，故《带经堂诗话》曰“舍筏登岸，禅家以为悟境，诗家以为化境，诗禅一致，等无差别”，真正剑过流风，点到了要穴。

诚然，我们可以从多种角度去研究诗论家常说的“禅中有诗，诗中有禅”，若简单归纳，就是诗与禅在创造性思维那个高端层面上的贯通和理解。例如老禅师问“何谓风”，回答“空气流动谓之风”，肯定正确，但非诗非禅，焉有雅趣禅趣？这时，若有小僧回答“楼外絮纷纷”或“亭皋木叶落”，一言春风，一言秋风，未着“风”字，却得风流。或谓“虎在山中行”（林中大王之风），“钵空有物归”（空灵之风），也未着“风”字，则愈见悟觉。如果老禅师又问：“何谓大中见小？”回答“西瓜瓤有籽”，没有答错，但拙在太实。或答“天地一沙鸥”“洞庭波送一僧来”“玉鉴琼田三万顷，着我扁舟一叶”，孤高清寂愈见，也愈见悟觉。机锋应对，涉笔成趣，景语或作情语，通禅或是通诗，又有何难？如果老禅师再问：“何谓小中见大？”回答“芥子比西瓜”。你认可是实话，会认可其禅风诗味吗？或答“三千世界一尘中”“梅开一点万山春”“一口吸尽西江水”。反过来体味一下，诗人写这些诗句时，不正是创造性思维的积极活动吗？在这个层面上，你对“禅”与“诗”会没有新的理解（悟觉）？所以，真正懂得禅与诗的人，不会轻易断言“禅”与“诗”无关。到北宋后期，惠洪提出“文字禅”，即禅诗创作可以作为修习禅法的一种方式，随后金代元好问又以“诗为禅客添花锦，禅是诗家切玉刀”，点明诗禅机妙，诗与禅的情结就铁定无疑了。

历代高僧文僧，如东晋支遁，唐之皎然、无本（贾岛）、寒山、拾得、齐己，宋之重显、道潜、惠洪，明之道衍，清末敬安（八指头陀）等，多有名篇佳作诗集传世。与此同时，历朝历代又有多少文人名士舒啸香界，豁然开朗，修出般般林下气象？民族文化的烛慧，应该是不拘门墙界域的无际通明。如果以为寒山的“他家学事业，余持一卷经。无心装褾轴，来去省人擎。应病则说药，方便度众生。但自心无事，何处不惺惺”，还在说道佛门释子作偈与世俗儒士吟赋存在“同中见异”的话，而齐己的“万木冻欲折，孤根懒独回。前村深雪里，昨夜一枝开。风递幽香去，禽窥素艳来。明年犹应律，先发映春台”，那种作为文人的幽情雅趣，已难觅松院的蔬笋气了。机趣不伤雅趣，诗歌百花园的花草，各擅其美，当不拘为盛，而喜欢谈禅的东坡曾一度主张雅化，提出“僧诗要无蔬笋气”，未免偏见，所以遭遇《西清诗话》不买账，说“殊不知本分家风，水边林下气象，盖不可无。若尽洗去清拔之韵，便与俗同科，又何足尚”。高论在理，识见公道，不啻一顿棒喝。

再谈“诗对”，或许有助于理解诗思与禅思的关系。譬如诗师出题，限以《登山赋云》作诗，学子先得首句“絮云翻滚足边迎”，师问“人若在云上，如何”？学子续句，答“快意挟风天浪行”。师又问“若在云下，如何”，学子作第三句：“生角横飞化龙去。”师即问“若在云中，又便如何”？学子得尾句“划然层破大光明”，胜出。

同样，师又出题，限以《江上事》作诗，学子先得首句“天地无尘夜正寒”，师问“从无入有（即无中生有，忽起波澜），如何”？学子续出次句，答“何人心事曲中弹”。师又问“若令有又归无，如何”？学子得第三句：“曲声方息潮声远。”师即问“结到无中生有，如何”，学子遂得尾句“漫天风雪一钓竿”，胜出。

难度稍大的，例如赋秦汉事。师令出句要故意离题，先放后收，诗法曰放马收缰。于是，学子先拣与秦汉无关事落想，离题起意，得首句：“无聊昼寝拟华胥”（白日无事拟做华胥美梦）。师令次句立即归题，学子答“恨自始皇焚尽书”。师又令第三句要“正正照题（即兼说秦汉）”，学子遂得“天欲兴刘陈涉死”。师又问：“如何了结？”学子答“寒窗声起读秦余”，胜出。

此诗首句放马远去，次句忽然收缰，疾速归题，张弛有道。随后以秦汉事并出，说了秦亡汉兴，朝代更替。因秦汉后来的事千头万绪，泛泛不易说明，所以结句要连续特写秦汉，难度较大，就拣出后人仍旧攻读“秦火未烧书”（寒窗声起读秦余）说之，避难就易，留下悬念，而且余味不尽。秦余，指秦皇焚书之残余，说纵历劫火也不能使文化烬灭。这样既扣题秦汉，又所思弥远，反而弥觉深沉。

“禅对”与“诗对”，通灵相照，并无二致，都是智慧学养阅历的番番践行。如果澄心静虑，迁想妙得，表情达意又到位的话，好诗并不难得。禅之机趣理趣，跟诗之雅趣意趣，非风马牛远不相及。人可以很聪明（包括天赋和后天涵养），因为有时没有做到，让自己失去很多创造的机会。朦胧与开悟，或许仅差一步之遥。迈出这一步，即是顿悟。“诵经千卷，莫如灵心一点”，善学者的聪明，不过知晓应该学习什么和如何去学罢了。

寒山逝去大约一千二百年了。重读其诗，不再有人认为他的自评“有人笑我诗，我诗合典雅”为诳语。上个世纪中叶后在日本和美国飙起的“寒山热”，着实让国人感到意外。不知那些从彼岸荡漾过来的层波回澜，给中国读者多少激灵和启迪？▥

（原载于《光明日报》2013年10月）

名家诗钞

陈贻焮先生诗词钞

钱志熙/钞评

陈贻焮（1924—2000），字一新，湖南新宁人。北京大学中文系教授、博士生导师，北京大学学术委员会委员。中国王维研究会名誉会长，中国韵文学会诗学理事会副会长。著有《唐诗论丛》《论诗杂著》《杜甫评传》《梅棣盦诗词集》。

雨窗杂韵三首(选二)（1943）

燕雀声喧午梦残，庭槐清影上栏杆。
东村斜日西村雨，一脉青山两样看。

评赏：如画，画犹不如。首二句景象暄明，句能作响。“东村”两句寻常景写出奇警意思来。句法出刘宾客“东边日出西边雨”而境能出新，最可为少年学诗之法。师自言十五始学吟咏，家中大人虽多能诗，然不敢出示。此十九岁时诗，已能老练如此，何减《随园诗话》中诸少俊之作？师晚年数为熙诵“东村”两句。

宿雨初晴嫩绿迷，断虹高挂小槐低。
檐前燕子新巢湿，来往中庭换旧泥。

评赏：写雨后景象如画。首二句动词、静词搭配好，且句中有对。“宿雨”与“初晴”、“断虹高挂”与“小槐低”，皆有鲜明对比。第三句“檐前燕子新巢湿”暗接“宿雨”两字，而“来往中庭换旧泥”则又是“初晴”光景。想师少年闲暇，村居读书之余，寻章琢句，心思密而灵。读之无任向往也。

经左家山（1943）

乍晴蝉噪江间柳，日射长桥落影斜。

近远鸡声啼午市，浅深溪水漱寒沙。

人稀古道晒新谷，俗朴荒亭施冷茶。

行尽山街茅店少，蓼花红处是渔家。

评赏： 此首最见白描功夫。对景而能摹，含情而能吐，此诗人之质也。然此等诗看似白描写生，无所依傍，实是读过大量的古人作品后的一种审美定位。前四句写乍晴柳色、长桥斜影，及鸡声午市、溪水寒沙，庀词炼色，皆能讲究。可谓善能布置。青少年时为诗，正须如此讲究，于字句之中，与人争一日之长，学诗方能有进境。若草草寥寥，自谓大方，或故为放荡，而自矜为能创新，皆非正道。师之学诗，少年即入正道，故能风骚寥落之世，成此名家之业。

此诗最佳者为“人稀”一联。写出疏朴村市中的人烟稀少的景象，所谓状难写之景，如在目前。此境令人怀念！

马头桥即事（1943）

金波银沙漾晴丝，古树裂皮发清响。

竹影斑斓睡猧梦，老渔拦街晒渔网。

评赏： 此诗一句一境，皆有趣味，寻常之景，写来如传奇，章法亦不为寻常起承转合。常境出奇，诗道之正。此诗用生新写景之格，师平生做诗有此格，唯偶尔一用之，出奇制胜，并不专为此体。

无题八首（选三）（1945）

无端顿减少年豪，痒处麻姑争得搔。

染缕难成穿泪线[①]，烧春聊当剪愁刀[②]。

甘同子梦思为蝂，恨隔神山欲驾鳌。

自古销魂惟别耳，渡头双桨雨萧骚。

注释： ①白居易《啄木曲》：莫染红丝线，徒夸好颜色。我有双泪珠，知君穿不得。又，绣妇叹线缕，难穿泪珠脸。　②烧春，酒名。

水流花谢可怜生，别绪离愁搅不清。
莲子有心偏太苦，合欢少瓣总多情。
思随草色依裙绿，欲化星光伴月明。
肠断春山千转路，紫桐花里记曾行。

太上忘情未尽忘，自家心曲自家伤。
帝哀杜宇千峰血，月魄姮娥一枕霜。
云海往来鱼雁渺，关山飞渡梦魂忙。
诗成字字皆愁苦，涕泪潜和翰墨香。

评赏：《无题》八首，体本于义山，情挚于仲则。古今此体甚多，熙所见当代人所见缘情得体者，师此八首与槐聚《代拟无题七首》最佳。然槐聚虽口角灵便，而真挚处不及此诗。此诗不但真挚，其境界多本于长吉、义山。如“染缕难成穿泪线，烧春聊当剪愁刀”“莲子有心偏太苦，合欢少瓣总多情”之揽物缘情，缠绵宛转；“甘同子梦思为蝗，恨隔神山欲驾鳌”“帝哀杜宇千峰血，月魄姮娥一枕霜”，能寄纤微于宏大；“思随草色依裙绿，欲化星光伴月明”化常为奇，俱堪称警策！先师墓室即用其手迹“欲化星光伴月明”七字。

春日昆明湖泛舟三绝句（选二）（1954）

艇子如飞双桨轻，抬头遥见赤霞城①。
人稀日午花初睡，隔叶春鸠时一鸣。

压岸山桃花欲燃，柳丝如鬓鬓如烟。
坞头双桨归来晚，一路新蒲碍画船。

注释：①谐趣园东有关题赤城霞起。

评赏：皇家苑囿之游，竟写出南朝烟水之地的气象来。两诗以叙事作点缀，其着力处在写物能活，于原本宁静的自然景物中，写出种种热闹景象，山桃则曰压岸，柳丝则形容如鬓烟。最妙之处，在于“人稀日午花初睡，隔叶春鸠时一鸣”，用一种叙述情节的方法来写自然景物；“坞头双桨归来晚，一路新蒲碍画船”，则在人们的行动与自然景物之间，构成一个小小的冲突：新长蒲叶妨碍游人画船的通过。此种以叙述情节方法来写自然景物，以及写人物之间的小小冲突，皆诗家之法也。然运用之妙，在于触景生思。

满庭芳（1955）

偕庆粤游西郊公园有感[1]

暖室评花，风帘调雀，回廊小语声柔。院深春浅，素手约清游。莫道蜂潜蝶蛰，迎阳处，泉已涓流。虚檐外，低回鸽哨，城阁雾全收。　　回眸、如剩雪，鬓边眉上，犹滞离愁。敢自疑还在，楚尾吴头。十载堪欣此日，人依旧，夙愿终酬。忘怀否，潇湘兰芷，曾共久淹留。

注释：①西郊公园：即今北京动物园。

评赏：昔曾以《浣溪沙》一首请益于师，师许为有词人之境。师作词虽不多，然皆能深得词境之美。于当代而论，旨趣与天风阁有所接近，皆不故学南宋诸家，为所谓“百涩词心不要通”之词。若深而不能明者，则浑沦迷离，隐匿情事，滥用意象，几同谜样。两家之词皆不为此体，以缘情体物、探怀吐心为要。

此词上半首开头两幅，叙事写景紧紧结合，景在事中。至“莫道”两句，渐渐脱开叙事，专门写景。“虚檐”三句，写景入神矣！而仍是事之景也，所以佳！下半首则专为缘情之语，写昔日两地分居、燕吴千里，韶华暗换，却喜终得此日相聚长伴。最后一句，将境界移到潇湘兰芷，极有余韵。此种今昔两地的写法，亦可说得力于杜甫《秋兴八首》。此词上片皆是乐境，调之以下片的愁境，而最后又归乐境。

词者，辞也，最重修辞之妙、炼色之工。师此词选词炼色，处处可法。

念奴娇（1956）

风吹雨歇，晚晴空，极目川原金碧。携手长楸清荫里。芳草经行无迹。墟里烟轻，豆萁花重，俯仰情怀适。蓦然车过，一声惊破幽寂。　　已约来日重逢，待随车去，还惜青青陌。休怕归迟催早返，犹有多时方黑。银汉微呈，怜他牛女，欢会真难得。行行复止，几回依恋苔石。

评赏：词笔有方有圆，师一日与予言刘弘度先生词多能用方笔。师《满庭芳·暖室评花》属圆笔，此首则属方笔。首幅写风雨后川原晚晴景色，极突兀，为逆入之笔。至“携手”才写人物行动，长楸清荫里，芳草经行无迹，只如此写，多少情景在内。接下几句写村墟携手共赏，正可留恋，情怀惬适。然一声车过，惊此幽寂，方觉已到要分别的时候。

下片用较多的笔墨写依依难舍的情景。“休怕”两句极能达情，师言乃当时真实口语提炼而成。最后引牛女点出夫妻分隔之事。一结极浓重，入神。此词押入声韵极精，如“黑”字韵。全词赏读之际，觉纸上起棱！

此词写法不主故常，全于真景实情中来。

咏中庭红药（1968）

芍药花开动四邻，黄蜂紫蝶长精神。

琼葩日灼殷红焰，玉叶风翻婀娜身。

甘让牡丹矜国色，难教菡萏步芳尘。

伊谁上巳供相谑，小字雷同错认人[①]？

注释：①《诗·郑风·溱洧》：“维士与女，伊其相谑，赠之以芍药。”芍药，香草。《正义》引陆玑疏云：“今药草芍药无香气，非是也，未审其何草。”按，《溱洧》叙上巳士女春游情事，芍药时方萌蘖，不堪采赠也。

评赏：师“文革”中咏花木诸作，多得古人兴寄之旨。所谓有寄托入，无寄托出也。此首写镜春园住所芍药花开情景。首联花事，写出一种热闹的景象，人、蜂、蝶三种角色都出现。次联花容，写得极其生动丰满。第三联花论，写其位置在牡丹、菡萏之间。最后花考，巧妙地运用风诗的典故。古今诗人虽多宗法风骚，但真正用风骚语而妙者不多，师此句为一例。向著书论祖述风骚，曾举此例。又诗语贵能活。

喜窗前去年春移酴醾花开（1968）

去年趁雨带苞移，立待花开花叶披。

自谓今春花事了[①]，谁知昨夜露蕤滋。

一枝便满诗人眼，千朵难医凤子痴[②]。

他日江湖从浪迹，恼侬蝶梦是酴醾[③]。

注释：①王淇《春暮游小园》：“开到酴醾花事了。”　②《古今注》：“蛱蝶大者曰凤子。”　③《庄子·齐物论》：“昔者庄周梦为胡蝶，栩栩然胡蝶也。”

评赏：前首豪俊，此首雅切。前四句切题来写，突出一个“喜”字。颈联写人闲而蝶忙，语极隽。最后是有寄托语。师言，果然次年便有鲤鱼洲之役矣！慨云：诗真有谶！

阶前红药将谢复喜白芍继开（1968）

昨因红艳赋新诗，又向阶前咏玉蕤。
冰雪肌肤从色淡[①]，水云韵度任花迟。
倾枝露酽颓中散[②]，揄缟风香倚曼姬[③]。
自许分根合灵药，岂堪攀折赠将离[④]？

注释：①《庄子·逍遥游》："藐姑射之山，有神人居焉，肌肤若冰雪，绰约如处子。" ②《世说新语·容止》："嵇叔夜之为人也，岩岩若孤松之独立；其醉也，傀俄若玉山之将崩。"世因以玉山颓喻醉倒。刘禹锡《扬州春夜》："纷纷只见玉山颓。" ③司马相如《子虚赋》："郑女曼姬，被阿緆，揄纻缟。" ④《古今注》："牛亨问董仲舒曰：将离相赠以芍药者何？答曰：芍药一名可离，故将别以赠之。"《苏氏演义》谓芍药一名将离。

评赏：师极爱花木，深得风人寄托于虫鱼草木之深机。中年投闲置散时所写诸花木诗，予极爱赏。于当代同时作者，尚未见如此兴象婉妙、寄托深微之作。数篇不仅摹写物象入神，寄托心情淡泊，且多活用经子辞赋语，雅而灵。师曾为熙讲解此诗。尤得意于"倾枝"一联。经子语典实，辞赋语繁重，而师能如此用之。其中年诗功之深如此！

鲤洲竹枝词三首（选一）

明朝秧子赋于归，花满汀洲燕燕飞。
祝尔一枝成万子，人人争送嫁前肥[①]。

注释：①江南老农称起秧前所施肥为嫁前肥。

评赏：写农事极生动！为范石湖诸家未有之格。"于归"经语，"嫁前肥"俚词，绾合一道，俱点化入神。

冬日西湖（1977）

春花秋月媚幽姿，淡抹浓妆各自宜。
要识西施清绝处，铅华洗净是冬时。

评赏：此诗语秀韵灵，师中年之后为绝句，不为早岁之搜索，进入自然境界。此略傍东坡之句，而别出一境。以清绝评冬日西湖，并论其妙在铅华洗净，此论真确难移。诗之议论须如此。

时届仲冬，而白堤垂柳犹青。过翠堤春晓，更见一枝海棠花发（1977）

向阳翠柳尚飘丝，岁暮江南摇落迟。

地近苏堤春意早，隔年先发海棠枝。

评赏： 师写杭州诸作俱佳，或以师母小时曾居杭州故乎，故于杭地特具感情。此首亦寻常闲咏，随意点染而成佳作。“地近”两句，神理得于王湾“江春入旧年”之句。诗能如此学古，而运用无穷矣！

未名湖畔纳凉作。是夕月圆，诗不律不古（1979）

骄阳三日如火焚，喜得长风清暑氛。

一星半点开天雨，东鳞西爪渡湖云。

小儿古柳觅蝉蜕，浅濑跳波惊纤鳞。

葵扇招凉月初上，荷盖倾露声时闻。

评赏： 此不古不律之诗，师亦极自赏，曾言当时纳凉情状。摹写句句传神，中间两联各有取材，三四尤其佳。一结深得唐人境界。然予喜师此诗，便有所在，以师居此上庠而能自得，一如居村舍之中。虽有荣观，燕处超然。曾有人问，汝师似于理学甚深。予曰：平昔不闻师有道学语，但其崇自然之趣，重人伦之义，实为得道境界。君所言者，或为此事乎？

谢明非、晓音问疾（1980）

小桃病榻几枝开，陌上春随二子来。

问疾维摩吾岂敢？愁中喜对粲花才[①]。

注释： ①《开元天宝遗事》：李白天才俊逸，每与人谈论，皆成句读，时人号曰“李白粲花之论”。

评赏： 首二句言持小桃花来问疾，陌上春随二子来，极妙之句也，病中心情，病中见高徒来慰问之喜悦，诸种情景，皆见于言。第三句妙用两典语，皆随意点染而成趣。

承德避暑山庄避暑（1981）

古苑近榆关，楼台烟水间。

池涵岩罅月[①]，窗映磬锤山[②]。

溪响鹿时饮，藤摇猿偶攀。

松风清暑愠，兴发得诗还[3]。

注释：①文津阁前有假山千叠，巧匠故凿一隙光，倒影入池，犹月牙然。 ②武烈河上有凿锤峰，俗称棒锤山，形似故名。 ③自注：松林峪甚凉爽，偕庆粤游此，乐而忘返。

评赏：起句语即有趣味，古苑近榆关，而有楼台烟水。真所谓塞上江南也。“榆关”原一边塞诗成语，在此形成了新境界。池涵、窗映两句，最能写园囿假山玲珑、借景巧妙。“溪响”亦真景。此两句用梅宛陵法。一结有王、孟句法，极闲雅。

三古都纪游十绝句之昭陵怀古（1982）

虬须帝业重安民[1]，八骏何如六骏珍[2]。

今日九嵕山上望，依然花舞大唐春[3]。

注释：①杜甫《八哀诗·汝阳郡王琎》：“虬须似太宗。” ②《穆天子传》记周穆王驾八骏西游故事。六骏，唐建国战争中太宗所乘六马，后刻像于九嵕山昭陵前。 ③卢照邻《元日述怀》：“花舞大唐春。”

评赏：首句写虬须帝业，次言八骏不如六骏，盖一为游仙，一为拯世。第三句“九嵕山”选词极妙，绝句偶著一新奇地名、物名，格外有致。前三句，句句截断，而又句句递下，至第三句水到渠成。予玩盛唐绝句有顺逆之势，师此作为顺势也。师曾自吟此诗，音犹在耳！

五台吟（1982）

千里访五台，未至先见塔。等闲世俗辈，且下尘封榻。茹荤漱亦秽，岂敢参老衲？仰止菩萨顶，登先夸足捷[1]。时见喇嘛僧，分曹唪贝叶。密宗蕴奥秘，惟闻声纷沓。佛殿绘事精，窃疑出七鸽[2]。归途经下院，适说生公法。贱子寡慧眼，复障文字业。能令石点头，于我如嚼蜡。明发登东台，驱车绕百匝。初服暑衣单，及半便着袷。混茫接一气，风雷生两胁。终惊凌绝顶，转觉苍天压。嘉彼岭头花，灿若朝霞曡[3]。山高春夏促，旋开旋结荚。休叹无人赏，翻飞足蜂蝶。因念岩栖者，野禽犹可狎。勿怜彼孤凄，勿哂我杂遝。去住各遂意，追日下寒硖。

注释：①菩萨顶，在五台山台怀镇显通寺北侧鹫峰上，明清以来，为此间喇嘛黄庙之首，前筑石阶一百八级。 ②《宣室志》载：云光寺有七圣画。初有少年兄弟七人至寺，闭室而画，曰："七日勿启吾门！"六日发其封，有七鸽飞去，西北隅未毕。画工见之曰："神妙笔也!" ③《旧唐书·南蛮西南蛮列传》载：骠国产朝霞氎。

评赏：师早年于五言短古曾致力寻隽炼之格，有苦吟之气。中年以后戮力研寻杜诗，著《杜甫评传》，故其所作多五古，尤多纪行。其铺陈法度，多在子美、乐天之间。此诗起笔"千里访五台，未至先见塔"，真能写五台也。中间写游览寺院诸事，语在庄谐之际，亦甚得体。至"混茫接一气"数句，取法岑参《与高适薛据同登慈恩寺塔》。后段写景，妍媚与雄奇相杂，极妙，亦极见笔力。最后"追日下寒硖"，结得有神。

伯玉歌（1988）

为射洪子昂学术讨论会作

子昂读书台，千古仰崔嵬。上有蔚蓝天，下有水萦回。此间郁佳气，陈氏多英才。其父文林郎，品学冠同侪。幽栖观大运，圣贤叹难谐。尝散万钟粟，赈济乡人灾。子昂十七八，诗书不挂怀。惟知逞豪侠，驰逐起黄埃。它日入乡校，茅塞豁然开。杜门习经史，数载百家该。遂辞金华山，金华殿上来。对策得高第，武后惊良材。或进济时策，或弹为政乖。敢犯逆鳞谏，昂首立玉阶。惜其大臣具，未展受嫌猜。蓟丘怀昭王，金台羡郭隗。古人不可见，怫郁归蒿莱。段简何鸡狗，害贤良可哀。所幸倡风骨，力救齐梁颓。标举修竹序，感遇皆琼瑰。自公发其端，唐音始如雷。非止惠一朝，影响无边涯。且看今盛会，来者何众哉!

评赏：忆师写此诗后数日，曾见熙于学舍，共步出至图书馆前广场，觅一花畦短石坐下。云：顷射洪召开陈子昂学术讨论会，邀请赴会，以事未去，做诗寄之。语罢洛诵一过，至"段简何鸡狗，害贤良可哀"，三复其句，气有愤然！此诗师最得意者为开头四句。又"遂辞金华山，金华殿上来"，又自言造语有味。此诗隐括史实，而络绎连贯，并处处有醒豁之语。

十一月一日晚偕庆粤率小女庄回湘探亲，途经怀化、高沙，十三日抵新宁水头二弟新居畸庐，欢聚九日，归至京寓已二十七日矣。前后成诗十章，以纪游抒情（选二）（1990）

崀山渡口即目

唤渡渔村犬吠人，万峰青翠映江津。

偶逢红叶桃花艳，错认秋山是早春。

评赏：此诗写南湘山水如画。因红叶如桃花之艳，误认秋山为早春之色。绝句之妙，多在点化出新。然如无唤渡渔村之生动，万峰青翠映江津之画境，则不能成后面之灵妙。诗有实笔，有虚笔，前二实，后二虚。贵能虚实相映，自然生趣。

自崀山乘船归新宁县城

轻舟结伴泛潇湘，两岸霜禽噪夕阳。

近市风光饶别趣，满岩丛菊缀秋香。

评赏：身在潇湘，自是诗境，何况能结伴而泛，真令人向往也。“两岸”句真弥满之画境，且画手岂能写此光景满目、奇响在耳之境界。三句衍下一笔，点出近市，然不写近市之物，而扣住岩菊秋香。诗笔何其圆活！

重游君山作（1990）

买渡巴陵岸，乘风下洞庭。

打船千浪白，映水一螺青。

醉吕楼犹在，传书井再经。

庙旁多泪竹，今古祀湘灵。

评赏：首四句真能写岳阳、写洞庭。三句不知融唐贤多少境界，果知诗之白描入神者，实亦从书卷中出。后四句亦能切题。游君山正当如此措辞。

跋：上先师诗词若干首，前年秋恭抄于《梅棣盦诗词集》，查生正贤电檠，实应《中华诗词》“百家吟坛”约也。其时师已养疴，而气尚清健。熙持此稿就正，师略加流览，即云：“子所选余自惬意。”稍顷，复云：“唯选者之名，亦须注上。”熙甚惶惭，云彼刊无此体例，且限于篇幅，遗珠太多，俟他日为师正式作《梅棣盦诗词选》，再附骥尾未晚。师坚不允。顾熙不即从，自起，艰移步履至案前，书“陈贻焮作，钱志熙选”于稿首，方释然归座，曰：“如此方为妥。”彼时沐光风，映霁月，言笑晏晏，未悟人间侍师之乐，无逾于此矣。今日追惟，曷胜涕泪？师归道山已二旬，箕尾间嘘吸太和，溟涬同科之乐，果非人间所能知，而凡愚失师之痛，终始难释。每思慕不能自抑之际，辄开遗集以遣怀。今晨董理书册，忽于架间得此，拱璧在手，悲慨交集，前事历历如电，因恭叙于稿下。又询查生知尚存电脑中，因倩其发向尹小林君之国学网！此网站弘扬遗德，古道热肠，载发四海人士吊唁先师之诗文函电，德不浅也。而历旬以来，海内外学人之缅怀、唁吊吾师之情，亦熙等所深感荷！因发此稿，以当飨谢。先师佳作如林，本欲添入多首，然珍此稿中存师之遗泽，不忍改为也。先师去后第二十日，及门钱志熙谨记。

诗词特辑

郑欣淼诗词作品选

郑欣淼，陕西省澄城县人，1947年10月生。曾任文化部副部长、故宫博物院院长，中华诗词学会第三、四届会长。从二十世纪六十年代中期以来学习诗词写作，先后出版《雪泥集》《陟高集》《郑欣淼诗词稿》《诗心纪程》等。

登鹳雀楼

廿字足千古，斯楼想盛唐。
今犹无限意，觅句不须长。

陕西黄帝陵

桥山古柏有深根，最是清明动国魂。
华夏图强梦多少？年年都在祭陵文。

华山仰天池

已在高天还仰天，了无碍障即为仙。
白云千载池中影，俯视三秦点点烟。

黄河壶口瀑布

恰如万马竞飞缰，碎雾冲天映夕阳。
黄浪夹川刹收尽，壶中日月几多长？

鄜 城

赋诗横槊一何雄，清夜西园想望中。
我有浮云待除扫，今来特借建安风。

端 午

南熏饶瑞气，节物感明霞。
槐绿百年树，榴红五月花。
艾符情密迩，蒲酒意幽遐。
霜鬓他乡客，犹思陇上麻。

玉门关

颓垣犹壮伟，洪业有余霞。
周匝骆驼草，间开红柳花。
雄浑当汉室，闳放数唐家。
不碍春风事，明空万里沙。

雨中登延安宝塔

飒风细雨酿秋潮，唐塔今登眼自高。
千座迷蒙楼竞耸，一川青翠景方娇。
土窑曾孕风云策，沟壑深藏龙虎韬。
四望依稀寻旧迹，又闻丰稔喜民饶。

中华诗词学会第三次全国会员代表大会感赋

刚惜京华春事迟，欣逢盛会绿偏肥。
九州生气凤凰笔，千古文心瑰玮词。
耆彦正声犹俊健，霸才高格自嵚崎。
忝移前座惭惶甚，诗运中兴何敢辞！

台北故宫博物院周院长一行来访感赋

一湾浅水路何赊，破雾排云二月槎。
漫溯渊源鹡鸰鸟，且瞻前境棣棠花。
磋商可谓双鑫会，笑语当须七碗茶。
更喜凭栏抬望眼，延春阁上醉流霞。

陈烈先生赠所编著《田家英与小莽苍苍斋》，读后感赋

心志曾期千仞岗，昊天正色莽苍苍。
庙堂难耐书生气，草野长怀节士伤。
一种根基当马列，三分风骨自浏阳。
不因祸福已身许，青史犹昭日月光。

次马凯同志咏海棠原韵

繁花老树拂西墙，独占春光一段香。
夕月翻移疏密影，朝暾映衬浅深妆。
每教明艳摩昏眼，直欲清纯洗俗肠。
莫笑骚人吟不尽，诗囊早已改诗筐。

登嘉峪关城楼

瀚海秋高登古楼，风云已逝思方稠。
眼前依旧祁连雪，耳畔分明西域讴。
草木曾凝少年血，障屏此去老龙头。
雄关犹自添新景，钢铁城加香稻洲。

癸巳除夕

千古神州重此宵，老来守岁兴犹饶。
一怀情思眼前近，几许烟云梦里遥。

室有腊梅生意满，户闻鞭炮马蹄骄。
年年总是盼春晚，弹赞依然又旦朝。

儋州东坡书院

老去投荒意绪殷，合教沧海矗昆仑。
和陶清句水云境，劝稼至言黎汉村。
载酒堂传读书种，桄榔林记逐臣魂。
斯人不幸斯文幸，南国彬彬风雅存。

梅　州

围屋层层接翠微，半天云影满清池。
衣冠文物千年盛，音韵中原一脉遗。
嘉应看山皆入画，梅江流水尽成诗。
馋人更有客家菜，妙舞酣歌漫品时。

卡伦曲

肯尼亚内罗毕卡伦故居记

莫道虚名误佳人，非洲风物自壮丽。
榛莽可寻桃源津，鸟兽同乐葛天世。
卿本殷实富家裔，背井投荒但率意。
指望共看日升落，良人不淑焚五内。
安知惊魂狮口缘，岂非幽眇上天赐？
心有灵犀恨见晚，从此时光皆旖旎。
绕梁常伴莫扎特，总有好事入梦寐。
凌空难忘飞机上，大野俯瞰更奇伟。
盈盈爱意不可遏，纤手一握两心契。
落落终得须眉尊，殷殷深结土人谊。
蛮荒小试树艺才，巾帼初展经略志。
花开花落日日新，洞天福地乐无已。
果然红颜命乖舛？终见泰去运转否。
一炬焦土咖啡园，苦辛冀幸付流水。
更闻霹雳失所爱，机坠人亡尘土里。
祸福原在刹那间，横祸飞来惊魂褫。
铩羽折返父母邦，怏怏卜居海之澨。
扶疏花木掩层楼，门前沧波云霞蔚。
浪打潮回月轮孤，披衣最是静夜思。
他乡栖处十七春，萦萦岂仅留怨恚？
浩瀚草原赤道雨，开怀平添丈夫气。
艳花茂草葱茏树，始知世间多焕绮。
飞鸢走兽饶生机，民胞物与自同类。
缠绵所爱谱传奇，蚀骨铭心惊天地。
回首当非断肠词，脉脉尤多温情记。
揽镜莫叹朱颜改，拂之难去多少事。
郁积不吐终不快，茕茕搦管道娓娓。
哀感顽艳情何物？书成已贵洛阳纸。
犹有银幕漫演绎，绝唱一曲传遐迩。
自是生前落拓甚，孰料身后名鹊起。
今来非洲访故居，故居依然拥芳翠。
红瓦灰墙犹寂然，蓝天白云雨才洗。
古玩曾见中国风，餐桌空余当年味。
满架图书泽惠远，壁上玉照多风致。
咖啡花园记沧桑，遗物尤感岁月逝。
不变唯有恩贡山，攒绿泼黛势迤逦。
主人对山曾数拳，高高低低连天际。
人去山在忆念深，历历前尘未往矣。
寻常终究不寻常，嗟哉尘间奇女子。

周文彰诗词作品选

周文彰，中华诗词学会会长，中央党校（国家行政学院）教授、博士生导师。出版诗集《周文彰诗词选》《诗韵校园——国家行政学院校园诗》《感恩第二故乡——周文彰海南诗书作品集》《诗咏运河》。

长相思

祖　屋

大运河，小运河，河水分流到后坡，枝繁柳树多。　月如梭，岁如梭。故里情怀梦里歌，登高思祖窝。

难忘的大爱

暴雨倾盆顿满河，过桥妹小手牵哥。
谁知双落波涛里，幸有庄邻大爱歌。

大运河堤大姨家

常思县上挡军楼，日夜车龙与水流。
汽笛时鸣惊梦醒，长歌声里送行舟。

到大运河西打猪草

身带干粮过运河，河西一片野青禾。
随心采割清香醉，归晚肩挑两草箩。

村媳的惊叹

呆望东堤过客忙，汽车呼啸土飞飏。
回村不禁连声叹，看到人间奔跑房。

大运河堤汽油香

一车飞过汽油香，恰似清荷入寸肠。
呼吸之间人已醉，故教日日久思量。

大运河货船队

首尾相连一巨龙，迎风破浪倍从容。
船帮近水心惊颤，傻做杞人十几冬。

大运河之福泽

水流灌溉享天然，闸口徐开水满田。
一说缘由心里颤，源头高过屋檐边。

扬州古运河边散步

垂柳青青拂眼眉，蝉鸣树上笑声随。
河堤沉醉灯光美，忘却如蒸热浪时。

扬州瘦西湖

湖中西子往来迎，栉比楼台诉旧情。
白塔晴云花斗艳，长堤春柳鸟争鸣。
五亭高矗千桥逊，一树低横百趣生。
不厌金山门矮小，流连有意觅初程。

通州船闸

千舟北上向通州，异宝奇珍近码头。
车马穿梭声鼎沸，皇家一饭万人愁。

访WCCO总部

徽标亮眼正迎门，视野环球系国魂。
万里联姻河作美，千城共享一家园。

2017世界运河城市论坛

欧亚联翩话运河，同弹绿色主题歌。
窑湾羊角千万里，携手帆扬古镇波。

受聘WCCO顾问的感想

聘书红艳赋新姿，顾问何为陷静思？
人短河长安苦叹，发光尽热正逢时。

WCCO秘书处向多国运河城市捐赠口罩有感

堪怜异国有瘟神，视若毒魔附己身。
借问天星何处去，速捎吾辈一情真。

石厉诗词作品选

石厉，原名武砺旺，诗人，文艺理论家。现任《诗刊》编委、《中华辞赋》杂志总编辑、中华诗词学会副会长。

度　寒

兰花室内堆枝满，冻竹园空抱槁鸣。
窗上结冰窥月冷，键盘敲字叹风狞。
文章往日歌来吉，星象今年指去惊。
宴坐穷思非仰圣，天寒岂可厄经行？

夜　宴

天寒有友邀尝酒，玉液玻璃映日斜。
断块佳肴堆似岭，连珠妙语落为霞。
美人对面眸才转，文士毗邻气自华。
银戒手挼思不系，夜来沉醉慢回家。

赏秦汉官印，赋龙凤吟

我数几多龙凤种，锥刀之末竞争持。
过都历块皆追忆，折戟沉沙怎可知。
张李逍遥称小隐，嬴刘屠戮近魔奇。
偶看云上呈鳞片，疑是将来叹叹词。

雪　日

底事天穹似倒粱，新冠卷土僭称阳。
女青开抖鹅毛氅，娥后掀翻冷月房。
桂子花花落九昊，碎银点点入千乡。
原驰蜡象须晴日，空蹈黄金主渺茫。

某日午后，在临街茶楼喝茶，观窗外，虽自然凋敝，但楼上乐声不时传来，声色相应，不失为人间冬景也

露月谁言雀声冷，天涯筚篥调疑同。
残荷孤籽沉云黑，萧木枯枝落叶红。
宝马浮光夸永日，路人轻羽暖冬风。
池深早晓春消息，楼上欢歌意未穷。

应邀和李剑方并赞太极拳申遗成功

太极两仪怀四象，八方世界始成名。
心宽体静观仙烛，气定神闲耀木明。
抬脚风来云瑞起，摆肩雨散霭祥生。
刹那俯仰通天地，一洗千愁万古清。

注：仙烛，北烛仙子。木明，即东明神君，主东方、属木，故如是说。

辛丑年京都腊梅还未开，但人面如花，兼祝女神节

既忧北渡春光少，亦盼金梅错后开。
三八女神摇丽影，万千男士问花魁。
枝枝皆有风云事，朵朵孤怀水月胎。
娇蕊群英待明日，檀香小口教人猜。

释　怀

恼恨春时起惊乍，繁华怒放引愁欢。
平章物事知无易，弹压风云究曷难。
水里月沉形弄巧，楼中人处静怀安。
任三百载如光转，吾自和居自在端。

辛丑年正月初五

童子迎风燃爆竹，财神五路遍天巡。
云根冬去多含矿，雨脚春来概是银。
书里富藏佳德玉，道旁罕见不良人。
青山绿水无边意，旭日铺金处处珍。

情人节，戏题某猫梅图

情人节里起心慌，闲坐临窗岁月长。
哲妇倾城化灰土，贤夫定国坠苍茫。
花猫腹抖如梅颤，佳丽身藏似日凉。
情圣常因绝情恼，相思一念发成霜。

出地铁口，以“宽窄”为句

登上阶梯三百级，客流悬挂胜冰川。
宽哥面冷厌连踵，窄妹心慈恐比肩。
惹得眼前几遍雾，化成头顶数重天。
才看一朵祥云去，疑是仙家散灶烟。

包岩诗词作品选

包岩，中华诗词学会副会长、女子诗词工作委员会主任，“诗词中国”总策划、创始人，中国教育学会传统文化分会副理事长。

满庭芳

春　忆

山剪春眉，风梳鸦鬓，眼波碧水淙淙。小桃初放，犹记戏东风。常驻花间偷望，望不尽，峰也连峰。多岐路，欲知深浅，徙履寄游踪。　　生当为杰俊，易安心事，默念闺中。几番雨，浅红换了深红。惜得年年春色，君笑我，傍地雌雄。邀云去，折枝新绿，高处是晴空。

沁园春

观樊公山水画

天地初开，混沌初萌，展卷丰盈。看万千气象，阴阳际会；十方瑰影，日月衔形。水孕毫光，山织墨韵，笔下嘤嘤琴瑟鸣。微低首，听似无还有，一片空灵。　　人间新筑高亭，晦数载光阴为此行。藏荆山璞玉，滋之草露；灵蛇珠丽，润以芳菁。峰尽无形，象兮无矩，从此苍鲲跃北溟。乃天意，贺贤公出世，金石当铭。

西江月

做流苏

书案新腾细浪，银钩小弄清闲。垂丝漫漫柳如烟。欲挽春光几线。　　皓腕频翻心事，指尖又触轻寒。且将快剪剪流年。剪我年华一半。

相见欢

2021元旦迎新咏雪

一帘堆雪芙蓉，去匆匆。莫恨花开旋即又花终。　　祈新岁，和笑泪，隐芳丛。润了花枝依旧抱春风。

鹧鸪天

碧云寺小南园

岁末年光半赋闲，驱车停处有青山。古槐犹把华滋待，昔日先生人未还。　　城如旧，锦书残。春风几度小南园。肯将多少拿云志，换却西窗一寺间。

注：腊月二十五日迎辛丑牛年小聚于香山碧云寺小南园。小南园与碧云寺跨院，曾是碧云寺的一部分。孙中山于北平逝世后曾停灵碧云寺。民国及现代多位文史大家曾到访于此。

春题一首

几度荼蘼近晚芳，兰台雠校竞流光。
春深怕问春归处，我与青山各自忙。

沁园春

赞长白山国际音乐节以文化惠民

天阔风浓，积翠蓬山，舞乐正隆。乍银光泻地，恍如新昼；金霓射目，灿若飞虹。鼓促歌旋，影随灯乱，七月林间笑意融。凝眸处，看小姑如鹿，踏舞田翁。　　不咸山下先锋。多少事，铿锵亦从容。赞笔尖万马，胸中缃卷；人文兴振，壮志为公。今夜雄吟，乐哉百姓，未向人前道苦功。无须道，念青山如抱，赤子征鸿。

长白山“魔界”

大荒山顶云中信，青埂峰前玉帐悬。
灵羽八千下魔界，落英万丈垒天泉。
鲛珠凝泊迷冬日，缭雾蒸云暗远川。
见此忽如迁异境，翾飞顿作白霓仙。

敬贺叶嘉莹先生荣膺“感动中国年度人物”

半世潇潇沐雨行，浊污冲破一枝清。
柔姿菡萏晴天色，玉骨铿锵大士声。
老岁长吟添古劲，云心无住淡鸿名。
少时曾问何堪度，君以今生度万生。

贺夫君五十岁生日戏作

春秋灯映三更影，周易爻陈百万兵。
行笔能临兰集序，吟诗即赋《长干行》。
高怀澄鉴分蝇狗，大道徐行聚友兄。
卫玠陶朱皆不换，我先生是大先生。

清雅诗怀

◎ **唐双宁**

读苏轼《江城子·密州出猎》

也曾西北射天狼，两鬓如今染雪霜。
太守云中皆往事，不劳持节遣冯唐。

浣溪沙

中秋读苏东坡《临江仙》词

长盼此身不系舟，余生江海却人愁。縠纹平处任漂流。　倚仗心头升满月，迎霜顶上染中秋。西风美酒醉云楼。

浣溪沙

中秋读苏东坡《水调歌头》词

每唱中秋水调歌，圆时恨少缺时多。秋风玉镜不堪磨。　素影冰轮相思洞，金桥银鹊忘情河。浣沙流水向东坡。

◎ **刘道平**

书斋拾句

奈何行动缓，老态倦于勤。
雀噪庭前树，愁催鱼尾纹。
忽思张阁老，又忆李将军。
日暮凭栏立，漫山过眼云。

再咏清洁工

帚作一书君，长街写柳筋。
秋高依落木，雨霁扫残云。
况味何曾已，大名无所闻。
人中腰且直，未必矮三分。

竹　编

胸埋花样心，破竹手工匀。
欲避天衣缝，却生节外音。
纵横填翠孔，交错掩纤痕。
莫编无品物，不欺世上人。

◎ **陈　良**

参加中华诗词学会五代会感赋

骚坛今又登，对月忆吟程。
笔寄家国事，笺留唐宋风。
韵格欣衍变，气骨念袭承。
净土得耕种，何须计寸名？

◎ **风入松**

庆祝建国71周年

峰高日朗费吟眸，拾砌叹霜收。江城救挽安邦境，率先教、冠疫低头。续写搏涛击浪，不羁九派归流。　坚攻贫惫数春秋，前志见初酬。喜黎庶小康同步，看“天问”、星汉飞舟。若问风光独好，谁堪如我神州。

◎ 陈修文

阳关感赋，嵌句“吾心自有光明月”

世事无常未许惊，任他风雨任他晴。
关雄日炙胡杨挺，漠广沙飞驼草鸣。
白鬓何须忧恶梦，青春永葆对余生。
吾心自有光明月，犹照人间一段清。

重阳感赋

登高欣沐艳阳天，更喜斯时近日边。
心逐“嫦娥”飞玉宇，梦萦航母斩蓝烟。
书空雁字秋何缈，送爽金风意更绵。
偏是重阳兄弟远，台澎遥望月如弦。

◎ 陈建良

元日寄怀

十里烟花绽，衢江水映虹。
旧波从此去，新浪复西冲。
更鼓何需数，蟾壶夜自空。
屠苏添玉斗，把盏沐春风。

西江月

六十感怀

昂首星空漫漫，回眸衢水悠悠。无边往事涌心头，恰似一江醇酎。　　风雨沧桑变幻，时光飞逝如流。波中冉启一扁舟，不负山河锦绣。

◎ 黄　君

辛卯人日咏怀

其　一

清光依旧照人鬟，此际神州带笑观。
虎势龙威惊脱兔，春风一缕到长安。

其　二

过隙韶光去不还，行年半百意何般。
漂零已惯离愁绪，漫把闲云幻故山。

其　三

本是江南农家子，耕田种地少即娴。
一朝转作非农户，但把诗书种砚田。

◎ 林　晓

冬至感怀

乡山梦几何，彼我话蹉跎。
冬节升平瑞，圆欢岁月歌。

知天命之年

依稀记得后门江，莲渚流烟雨打窗。
自小勤心耕笔墨，当时抱志为乡邦。
但存文境娱情满，无怨蟾晖照影双。
盘点吾生嗟过往，欣然胜事二三桩。

◎ 余　风

虞美人

夜宿双湖

天上何处似人间，双湖夜难眠。寒星硕大垂头顶，月影空听枕上辗转声。　　犬吠传来愈幽静，寂寞思笑颦。壮志谁解别离愁？投身雪域刹那一春秋！

天仙子

风寒难愈

午夜醒来头仍昏，伤寒未愈咳未尽，立夏过后天犹冷。风过境，雪满径，春暖花开唯梦境。　　料峭寒气催愁醒，思人千里更凄清，无奈翻书赋闲情，夜愈静，心神定。晨起自有旭日升。

◎ 李创国

退休感怀

其　一

白头未敢辍耕犁，推枕三更待晓鸡。
传道奚悲为蜡烛，护花不惜化春泥。
秋枰共对空明月，涸辙相濡半老妻。
最喜南山新雨后，无边桃李已成畦。

其　二

平生一乐作人梯，喜听芳林雏凤啼。
云路迢遥无羽翼，诗山邂逅有灵犀。
浮沉终觉黄粱梦，荣辱谁醒郑鹿迷。
莫羡豪门钟鼎食，茂陵唯见暮鸦栖。

◎ 周　达

感　怀

卅年翻覆几蹉跎，今又一番风雨过。
大道如磐终不易，前程似梦渐无多。
懒听耆老谈时事，常向江河数劫波。
家国于心犹耿耿，此身安处在山阿。

碧花园学圃

岂曰无能方种蔬，人如龙凤亦挥锄。
英雄何止操同备，大野但余丘与墟。
空负一双修月手，闲翻几卷养生书。
山居不必歌长铗，食有鱼兮出有车。

◎ 蔡明海

鸵城之夜

长堤漫步畅清风，两岸华灯相映红。
海上银波筛玉影，天边皓月耀寒空。
有情鸵岛山河醉，不夜滨城桂魄融。
邹鲁潮乡形胜地，蓬莱仙境八方崇。

园丁颂

杏园桃李丰，为有播春功。
朝夕滋甘露，四时畅惠风。
气清花吐艳，土沃木茏葱。
师德传千载，承恩万代中。

西江月

双节赋

十一欣逢十五，月圆更喜人圆。神州万里尽欢颜，放眼山河红遍。　　无畏汹汹冠疫，笑看滚滚云烟。炎黄十亿志如磐，唯我中华堪赞。

◎ 徐全荣

诗社七吟之鸣鹤古镇

两岸青峰盘绿水，永年碧屿古风流。
世南故里盐商地，三北源头国药楼。
社结白湖诗万箧，文遗高阁笔千秋。
金仙七塔传禅语，柳畔莲花接紫骝。

诗社七吟之孙家烛湖

千年檀笏溢余芳，十丈旗杆旧迤扬。
孙燧英风兴国祚，烛溪棠棣焕春光。
村童结社琼枝茂，古佛流金翰墨香。
喜看龙南多芷草，满坡新翠斗银霜。

诗社七吟之逍林中学

少儿未解世情时，幸有清新百首诗。
问鼎蓝田能采玉，追风楚泽敢吟词。
无涯学业深如井，易老人生短似枝。
梦梓春光如水逝，一鞭奋发未言迟。

◎ 肖红缨

丁酉元日抒怀

难挽流光忆岁丰，忙裁尺素赋新声。
鸡啼曙色千帆过，凤舞长天百鸟鸣。
几缕情丝春色里，一窗翠柳画图中。
曈曈晓日蒸蒸上，万里神州醉太平。

元宵节感怀

转瞬新元又上宵，漫天飞舞竞妖娆。
银蟾玉兔遮新面，花鼓龙灯卷大潮。
燕啄芹泥生气吐，牛耕芳甸细芽挑。
人间美景谁描绘？宝线金梭待我抛。

◎ 林建华

初雪吟

翩翩玉女出阁迟，不近元辰不显姿。
梦里醒来花满眼，尘间处处是佳诗。

元旦前闻中欧完成投资协定谈判

不惧戗风凛冽飕，中欧相共浪飞舟。
翻然大举开新季，劲势时趋引五洲。

◎ 汪小萍

学诗感怀

把弄诗文整十年，酸甜苦辣味尝全。
痴迷古卷常忘食，斟酌新词屡失眠。
愧我涂鸦难出色，效人倚马易成篇。
舟行沧海不停桨，遥望秋枫灿满天。

沁园春

咏黄石磁湖

日冉东方，霞映澄湖，柳唱黄莺。看鳞波闪烁，琼楼荡漾；回廊飞卧，碧岛纵横。山睡娥眉，鸥来画境，出水芙蓉照眼明。青莲畔，有翁歌妪舞，笛韵箫声。　此湖千古声名，引唐宋骚人千里行。喜坡仙啸咏，镌碑为念；志和曾览，留句争鸣。西子相并，洞庭媲美，璀璨明珠世所倾。趁闲时，约春风伴我，逐梦燃情。

◎ 韦俊图

秋　凉

鱼潜清水渡，雁唱白云端。
蕙亩霜禾熟，金风里巷安。
醪浓原有觉，子孝可加餐。
耕者多闲适，黄花仔细看。

庚子中秋夜过婺州古子城

中秋夜色好消磨，八咏楼前听板歌。
酒为人香醇作舞，灯由银饰泛成河。
小街深处风情老，明月盈时别恨多。
望断天涯兄弟在，团圆故事费吟哦。

岁杪探梅有感

欲访癯仙未适逢，孤身候在古墙东。
西厢飞出悠悠笛，南岭吹来淡淡风。
与竹相依怜影瘦，被溪间隔恨途穷。
偷闲试作吴山客，归去黄昏鹤径通。

◎ 廖海洋

咏竹寄怀

其　一

生来自乡土，幽僻少人亲。
无意招蝶蕊，独生佐酒根。
甘于冰雪冷，岂共李桃群。
纵是烧成炭，犹能作浩吟。

其　二

何甘身便老，老后更精神。
确是瘦为美，皆因素是真。
清白夸本色，淡定守初心。
笑尔鸡虫辈，休得妄自矜。

◎ 张密珍

春日感赋

花信应时发，莺歌柳展眉。
卷帘风习习，燕语意迟迟。
烂漫春方好，清嘉会有时。
因怜芳草梦，雁字写参差。

竹　韵

独坐云山外，吹笙待月归。
深林风隐约，荒径影参差。
抱节高难掇，清心俗可医。
秋霜添皎洁，凛气写淋漓。

◎ 舒继光

银杏叶

杏叶纷纷落，如铺满地金。
徒增秋日彩，不减世人贫。

重阳感慨

枫红遍染万重山，天际飞鸿正向南。
今日重阳人半醉，小词一阕共清谈。

◎ 林发礼

夜宿响水滩

翠岭苍峰夜色凉，野花挨户送馨香。
清风明月无人管，挤进窗来共一床。

垂　钓

林茂花香湖水蓝，游人垂钓兴尤酣。
水中鱼不咬香饵，徒手归来心亦甜。

◎ **马明德**

庚子岁杪遐思

灰鼠伤神去，青牛健步来。
压城城愈固，诩己已成哀。
又见寒梅蕾，相望热舞台。
故俦榴月至，豪酌莫红腮。

出席故里廉政文化村揭牌仪式

乡关逢盛事，村上倍荣光。
翰墨书金句，丹青泼陌桑。
虔标耆宿意，倾诉俊才肠。
追忆成加力，河清鱼又翔。

◎ **徐吉鸿**

莫高窟感吟

莫高窟筑彩云边，千里寻来身似仙。
古调泠泠喧管籥，反弹声里欲飞天。

天台山感吟

仙宫缥缈倚云开，百丈丹梯接玉台。
华顶峰头瞻圣去，寒山湖畔觅诗来。
烟霞已染三千界，水土宜生八斗才。
摘颗星辰轻点笔，瑶图一幅又新裁。

◎ **周兴海**

依韵东遨先生南天湖梅花诗词文化节

其　一

冰怀元不要人知，岭上来观几日迟。
万顷轻飘云外雪，百杯狂饮月中诗。
愁看书卷虽无数，径返南天已有期。
梅鹤因缘千古少，谁堪和靖比情痴。

其　二

雅兴何曾有尽时，冰怀元不要人知。
香随磊落胸襟客，影鉴玲珑玉砚池。
万象城中寻未得，千峰湖畔种相宜。
老来难管红尘事，仰面南天好咏诗。

◎ **戴世法**

天目山观古树有感

传闻天目有神仙，古杏如金已万年。
莫道春来浓似海，何如此树自芳妍。

注：浙江临安天目山有株古银杏树，据专家考证已一万二千年，被誉为世界“银杏之祖”。

观自然现象有思

盘古开天万古秋，青山碧海两悠悠。
分明泾渭谁人定，只愿清流度浊流！

◎ **杜连水**

元旦照镜有感

斑白两鬓忆英年，军旅生涯苦亦甜。
未老宝刀仍有刃，新征路上再趋前。

七一感怀

南湖七月起红船，星火燎原破晓天。
不忘初心来笔下，担当使命记心间。
新颁法典怀民众，脱困收关赋雅篇。
盛世空前光禹甸，欢欣九九庆华年！

◎ 闫秀媛

知　己

天海长凝望，松涛啸古今。

相知无近远，万里可为邻。

牡丹寄怀

谁放好花心上来，天香一缕绝尘埃。

只今四海春常在，寒蕊幽芳次第开。

◎ 潘洪信

登厦门胡里山炮台感怀

炮台依旧对乾坤，望断苍茫有泪痕。

何忍梓乡成异域，大金门与小金门。

立春感怀

升平海岳乐安身，一笛清风度满轮。

际会星辰朝玉斗，光辉日月合天人。

毋忘强国毋忘梦，且共齐家且共春。

大道归元弘至道，尘寰遍看岁华新。

◎ 王仙荣

吟　秋

柳老清风岸，荷残野水池。

未听蛙鼓响，但见雁群移。

愿为黉门客，闲吟漱玉词。

深情一杯酒，携醉向东篱。

月　夜

月在云间雾笼纱，人如海角与天涯。

西风拂面凉初透，闲坐无言听落花。

◎ 张新华

孔祖酒

孔祖香醇又举樽，儒风如沐尽销魂。

千秋雅韵今犹在，应谢先贤至圣恩。

龙河湾酒

王母下凡栗邑东，龙河湾里隐蛟龙。

喜迎越海飞天日，来饮云浆颂太平。

◎ 王雨剑

新年感怀

去冬一日百枝新，浩荡东风洗万尘。

岸柳遥遥渲浅色，河凫两两近行人。

繁艰盛世诛贪腐，厚朴苍生复本真。

寒尽登高长眺处，心清气正九州春。

永遇乐

内蒙古正蓝旗元上都有感

芳草连天，白云垂地，峰峦如聚。塞外孤鸿，断垣残照，似隐低声语。依稀风里，千军万马，席卷亚欧穹宇。蓝旗下、狼烟尘土，哪个不是行旅。　　谁家牧女，蹈歌而舞，浅笑盈金莲举。骏马长嘶，牛羊缓度，翻作胡笳句。政和通变，百族奋臂，共佑山河传序。平岗上、一钩新月，如来又去。

◎ **庄毅生**

题老牛

拉犁犹见曙光开，绷索深深嵌肉回。
勒轭已然拼瘦骨，高扬鞭子莫相催。

题大同九龙壁

多彩青龙石上铭，朔边奇伟震天惊。
精钢似角标狂僭，铠甲同鳞击有声。
盘柱攀山霞霭卷，吞珠戏水海潮生。
欲将驾雾扶摇去，岂料当时未点睛。

◎ **杨　晟**

寒　窗

寒窗听雨四十年，明月清风诗有缘。
春夏秋冬随性过，此身合只驻清欢。

夜　雨

敲窗夜雨动心魂，灯影孤身黯酒樽。
但使添香红袖在，共游书海忘晨昏。

◎ **张　珂**

浣溪沙

过　桥

夕照相思桥最长。奔来流水几回肠。细风柳影过幽江。　曲槛啼痕忧昨日，翠楼软语已他乡。伤深何必细端量。

采桑子

伤　旧

碎红湖面桃花婉，风动寒楼。夜雨添愁。旧面含羞挂月钩。　堪怜梦里娉婷女，蓦里回眸。烟淡星幽。心有伤情莫怨秋。

◎ **张海红**

初　雪

雪落地苍茫，拈花入酒觞。
醉吟歌一曲，当此忆情长。

鹧鸪天

缘

岁月无声万载流，苍茫人海几回眸。诗牵雅意同蕴藉，笔染丹青共风流。　言往事，话离愁，情思唯在纸笺留。绵绵细语抒心曲，缘去缘来百感收。

◎ **林登兴**

阅图赏荷

莲花池里鹭相栖，碧蕊红心一样齐。
几度回乡来借赏，常思梦里在塘堤。

春　兰

数朵春兰昨夜开，清香四溢净尘埃。
野花不似家花美，一缕清风淡淡来。

◎ **刘利漫**

读王江宁《从军行》

马上胡尘万里征，激扬未必作无情，
西风白草回头雁，俱是江宁出塞声。

怀王九思

宦海归来骨愈清，鄠乡霞彩望门生。
三千桃李白头种，十万溪云赤足行。
案牍劳心终可弃，庙堂覆雨不须惊。
胸中笑怒随檀板，列就人间七子名。

◎ **曹英博**

萤火虫

明月香深渺，竹风草化萤。
漫抛秋已近，随意落窗棂。

长相思

雪霁霜晴观白菊

淡柔妆，染轻霜，散漫枝头月浸香，天涯收素光。　　似相忘，似寻常，小蝶翩飞到北窗，几回借梦乡。

◎ **周富成**

扬州高铁通车感怀

名都高铁通，卷起绿杨风。
大运流霓彩，广陵舞紫龙。
千年圆夙愿，百姓感由衷。
自古扬州好，屹然淮左雄。

瓜洲张若虚纪念馆

君爱春江我赏秋，瓜甜蟹熟菊香洲。
晴明芳甸远帆尽，霞蔚花林古渡幽。
笔振乾坤千载唱，诗昭日月一篇收。
承唐宗宋延文脉，横笛歌吹立浪头。

◎ **黄昆阳**

2020岁末诗友聚会感吟

辞旧迎新聚满堂，觥筹交错意飞扬。
词来诗往成知己，酒烈茶香通热肠。
应惜抒情能纵笔，莫言济世苦无方。
但将重彩与浓墨，共为骚坛添丽章。

庚子岁末回眸感叹

运交华盖问谁愁，疫卷环球各自谋。
一柱东方刚似铁，几回西域乱成粥。
狂夫任性夸民主，众志成城话自由。
赢得辉煌庚子岁，长留万载说风流。

◎ **班　云**

新年抒怀

一朝别岁跨新年，再启征程路八千。
旭日腾升无限梦，春风漫舞百花妍。
何期雨露留青史，但得阳光洒玉笺。
人比山高为妙谛，披荆斩棘逐峰巅。

重阳抒怀

今又重阳送晚秋，郊原萧瑟惹清愁。
登高赏菊花空发，望远思亲泪自流。

际会风云随处起，回春日月几曾休。
人生有梦青山在，沧海扬帆好放舟。

◎ 苏少道

五指山秋枫

半坡烟树起青岚，一片丹林似火燃。
落叶有情迎远客，铺条红毯入深山。

夜听猿啼

黎山林雨欲沾衣，风逐流云冷月低。
游客三更犹未散，霸王岭上听猿啼。

◎ 黄　湾

岁　梢

坐看霜花明月里，怀中有梦待新元。
临寒提起人生笔，调出韶华入酒樽。

咏南天湖

晨光初透半边天，红日浮窗飘紫烟。
一片琴心何处起，诗花撒落玉湖边。

◎ 杨文戈

白狼山三月

细雨忽如湿野庵，寻巢燕子认甍檐。
沟门夜卡同虚设，十里春风放进山。

迎春花

惯看蟠根瘦雪埋，冲寒破土静中开。
千山一季先登场，身后春风卷地来。

◎ 李　易

庚子腊月过当涂怀太白公

笑俘明月到床前，云履飞星正少年。
谩捻绯词惊紫阙，醉呼碧酒压朱弦。
仙踪椽笔诗无敌，雄剑偏锋梦不圆。
今日酹君牛渚上，犹闻高咏在青天。

庚子年末寄吾国吾民

晦养百年身，峨冠自隐沦。
鹏翎垂宿雨，麟趾践微尘。
韶舞旋天起，胡笳破梦频。
翻然驭空去，蹈海逐星辰。

◎ 姚育萍

流　年

经年无处往，雁影隔时回。
静暇参唐宋，闲居访竹梅。
情多须节敛，钱少莫贪财。
叱咤春秋梦，青烟化作灰。

山水诗踪

◎ 李栋桓

瀑　布

顺柔娴静似娇娘，一遇悬崖忽转狂。
途到穷时巨人立，默逢绝处怒喉张。
飞流砸地潭千尺，哮吼震空威八方。
不具常形隐玄妙，天教弱质变阳刚。

水调歌头

游白云山

佳境隐尘外，美景险中寻。白云名满天下，常念到而今。曲径悬崖百转，石级云端万叠，皇顶喜登临。山海多腾浪，翠色远天侵。　穿幽洞，探云栈，越深林。异花争艳，奇木叶里啭珍禽。更有瀑垂千丈，珠溅虹霓如幻，一洗利名心。谁倩挝雷手，奏出地天音？

◎ 王玉明

海滨新秋

夜雨尘寰净，晨光天海清。
曙红波潋滟，树绿岛分明。
有意风私语，无心云远行。
黄昏新月现，渔火伴疏星。

沁园春

南迦巴瓦峰与雅鲁藏布大峡谷

雪域高原，邃谷洪流，咆哮奔腾。看雅鲁藏布，险超万壑；南迦巴瓦，秀冠千峰。历历江山，拳拳赤子，长啸临风热泪盈。遍寰宇，问谁堪媲美，华夏奇雄。　频频仰望苍穹，见座座神山矗碧空。慕冰川绒布，玉清尘念；圣湖纳木，醇澈凡瞳。布达拉宫，云端参拜，雪顿巡行哲蚌中。礼佛际，念藏胞携我，兄弟情浓。

◎ 蒋宜茂

三峡人家

江水矢志尽东流，两岸青山万里秋。
三峡人家云顶上，满坡新翠入青眸。

巫山即景

桥拱如虹卧大江，平湖珠润耀祥光。
小舟已入清波里，一片莺声唤夕阳。

遨游天空

遥望碧空云乱涌，星辰有律在其中。
世间日月频更迭，风雨春秋万古同。

◎ 雍文华

西山八大处龙泉寺

天宇明朝日，山岚接险巇。
小苞桃媚眼，青线柳牵衣。
径野人稀至，林深鸟自啼。
坐看云雾散，城廓与天低。

踏莎行

游桃花源

杏眼含娇，桃腮欲语。紫囊兰佩佳期误。渔郎一去已千年，碧云洞口长遮护。　往事微茫，遗踪如许。东风催放花千树。而今都作武陵游，问津亭上人来去。

◎ 杨春长

西湖胜景

美景苏杭处处工，雷峰正照晚霞红。
西湖遥对云林寺，千古奇观到梦中。

颐和园赏荷

昆明湖水起微澜，已是秋深荷半残。
映日浓妆虽不在，波心犹见一枝丹。

◎ 李福祥

恒山秀

峭壁巉岩百丈峰，松涛花海绕泉声。
雄盘塞北撑华夏，屹立河东拱帝京。
滹水桑干润灵秀，紫荆倒马助峥嶒。
悬空古寺袅香火，百姓祈年望太平。

泰山碑

恭扶藤杖六千级，汗透三层土布衣。
触目青崖仰巨刻，惊魂朱墨辩雄词。
银钩铁画山增势，凤舞龙飞鸟好奇。
脱解经年俗务后，再来细品俏英姿。

◎ 杨文生

伏羲夏末偶居

风停雨驻夜阑珊，竹院将身试晓寒。
四面峰岚遮翠影，几声蛙鼓伴鸣蝉。

春分东风渠漫步

十里东风柳眼黄，浅寒已过又熙阳。
倾听点点新桃语，闲看双双乳燕忙。
虽有胜春千丈紫，却输长夏半分香。
清心和雨轻雷后，醉梦依稀夜未央。

◎ 侯守玉

初冬携孙于青云山上

渊明归去有余芳，林樾寻梅踏雪霜。
童稚枝头听鸟语，回头与我捉迷藏。

诗友游山东寿光巨淀湖

梅迎嘉客海滨来，白浪如诗涨木排。
唱和声中寻李杜，清风驶入早春怀。

五台山咏白杜花开

白杜蹁跹山上开，淡香素艳画中来。
禅音缭绕人先醉，慢步花前不忍回。

◎ **杨鹏飞**

望壶公山

烟笼一柱入苍穹，盘古擎天赖此公。
拔地因催松向上，朝阳故得海濒东。
化云雨下三江涨，催马鞍前七邑雄。
山若高时名自远，何妨八面要来风？

重登何岭

路从曲折崖前拐，春入云岚隐复开。
十里新莺传景致，千阶旧忆扣苍苔。
老松捂鬓犹相识，兰水回眸不用猜。
九鲤瀑声湖底去，因何今日隔山来？

◎ **陈幼荣**

古　村

黛瓦灰墙间花红，温茶煮酒汉砖中。
唐诗漫读参南屋，彩蝶飞翔过北宫。
秋雨风携思旧梦，山林门对伴新枫。
朝阳穿过晴方好，流水清澄映绿桐。

水调歌头

罗浮山

名邑惠州府，长宁古甘泉。洞天仙地余几，山水令人叹。绝壁危峰千迭，峡谷飞流似雪，蹊径入云端。昂首过仙境，攀涉度难关。　雾云绕，松怒吼，水潺咽。凭风策杖，何故来此叩天环？双目重峦烟雨，对语吴刚花树，揽月上青天。觅句苍穹里，豪气白云间。

◎ **孙义福**

十八盘

淡定青川里，幽栖翠岭前。
鸣蝉邀月饮，归鸟伴松眠。
白雾林间绕，清泉石上旋。
红尘寻此境，静坐自成仙。

济西湿地公园

叶落新枝显，荷残嫩藕丰。
凌波凫绕蒲，涌雪荻迎风。
白鹭飞霜里，兰舟入画中。
诗情歌不尽，醉赋满江红。

◎ **林华光**

游霍童山

万仞峰峦翠作堆，疑他有路接蓬莱。
玉颜童子成双立，白首使君游一回。
石上残棋风扫竹，洞门鸟迹雨生苔。
欲留信宿迟迟去，应待茅君跨鹤来。

登长汀丁屋岭

古寨千年丁屋岭，牛市蟾蜍老古井。
一入桃花若梦园，无蚊典故人人颂。

依山临水筑楼窝，背负丘陵树木多。
远处忽传布谷叫，老竹摇曳影婆娑。

◎ 林锡彬

深圳河

放怀南望亘烟波，百里奔来澎湃过。
浪白催帆行地脉，声高破网接天河。
交融些许羶腥味，悲喜曾经涕泪多。
几阵昏鸦啼上水，梧桐万丈笑漩涡。

过沙嘴公园

沙嘴无沙只吐花，杜鹃举火映天霞。
林疏比比乔乔木，园浅离离兀兀桠。
小道无弯人大步，高楼有趣蔓低爬。
铜雕戏说福田事，亦假亦真供佐茶。

◎ 罗胜全

西湖访圣古

风从四面绕斯湖，德有邻兮道不孤。
玉塔微澜花弄影，渔夫白鹭早归图。
东坡落难谪雄郡，西子含情结大儒。
九百年来寻圣迹，平生事业惠州殊。

登合江楼

合江楼外大江流，苏轼曾经住上头。
筚路南来天海阔，罗浮北望故园愁。
豪情纵被风吹去，极目难随雁断收。
万事果然能放下，何人倚杖吊斯楼?

◎ 梁孝平

庚子十月六日游马山

进得山来感气清，一腔块垒顿消平。
园开胸臆迎仙客，路引诗心上杳冥。
石柱能援增笔力，松风可借助吟声。
归还两袖溪云满，揉入篇中媚自生。

庚子十月十九日公园散步即景

肃肃岁寒园气清，阳光和煦照空庭。
湖经冻后尤呈碧，柳在风前尚漾青。
火棘擎红喧靓丽，幽篁耸翠舞娉婷。
一群白鸽闲如我，信步林中刷雪翎。

◎ 何明生

双井秋游

桂枝浓绿槭枝红，隐隐楼台没此中。
啼鸟一声山外去，书堂深处见涪翁。

游溪口南田知青印象馆

林花谢后绿阴浓，树下人闲纳好风。
不觉知青人亦老，墙头犹见五星红。

◎ 吕新景

观钱江源

客路转心惊，深林枯木横。
寒山无鸟迹，幽涧隐溪声。
泉落冬云湿，潮奔海岳平。
欲冲千尺浪，蹈海驾长鲸。

石塘晨望

浪拍横礁覆拜天，遥望水际远航船。

桅林摇曳轻舟渡，晓雾浮沉石屋牵。

海上屠龙空自许，波中顾影尚堪怜。

老锚锈爪多斑驳，且待云帆又一年。

◎ **杨文才**

武夷山观石

果是人间一洞天，飞流溅玉谷生烟。

蓬莱本属云霞客，风月应归诗酒仙。

野鹜旋嬉澄水畔，乱峰斜插碧云边。

聊将徽宣权当押，结庐不用买山钱。

龙岩夕照

一叶飘枫落闽西，残红渐褪夕阳迟。

山歌犹唱当年调，云雀重寻旧柳枝。

空余城头霞一抹，偏听弦外语千丝。

心忧半夜随风去，闲置囊中一卷诗。

◎ **张梅琴**

交城庞泉沟

岭引龙蛇走，峰奇景更佳。

流云寻老树，细雨润闲花。

野渡虹桥远，朝晖石影斜。

溪声留不住，一路向天涯。

阳城蟒河

清溪流石乱，夕照洒柔光。

远望峰峦秀，近闻花草香。

群猴攀浅谷，密树映深塘。

久住繁华地，何如在故乡？

◎ **王一田**

九寨揽胜之诺日朗瀑布

岭上源头似海深，直教流淌到崖垠。

来如天马挟云下，威震千山势万钧。

五花海

树色斑斓空谷静，池中琥珀泛光华。

不知谁是丹青手？绘出人间五色花。

◎ **高　源**

庚子深冬漫步大梅沙海滨栈道

沧海霜风涌，寒流乱晚霞。

鸥飞环岸绕，山隐似虫爬。

碣石堆成垒，遥天远隔涯。

我来观自在，心静即为家。

谒湖湘文化圣地隐山

文化湖湘在隐山，钩沉青史钓深湾。

碧泉蛙鼓三重奏，眼界浮云一笔删。

道启朱张能互训，学藏义理总相关。

雄开千载春秋梦，天下昆仑独步攀。

◎ **刘周晰**

再访嘉兴南湖

胜地重游感暖流，大江澎湃溯源头。

燎原信可星星火，破雾真凭小小舟。

百态人生行处看，非凡事业险中求。
历经劫难分高下，守得初心青史留。

游承德山庄随想

依然帝气溢庄门，四面云山骏马奔。
烟雨楼台燕有所，正黄旗帜越留痕。
相争鹬蚌谁人笑，互斗僧仙百姓冤。
有史几多鏖战急，而今满汉共碑存。

◎ **张荣庆**

普陀山

洗尽红尘第一山，常闻玉磬绕峰峦。
慈心普渡千家客，善目牵怀万里船。
彼岸霞光时隐现，征途月色正缠绵。
一生夙愿苍茫路，两界原知各有天。

望长城

笑看瀛洲气自雄，势横峰岭纵西东。
关河形胜拥千嶂，鼓角风流动九重。
缚岫吞云抒远目，分花掠树觅前踪。
青砖万古千夫泪，犹恐遗防懈怠中。

◎ **于艳萍**

玉楼春

泰山云海

野浪吞鲸埋碧岫。望里大观风雨后。几多螺髻理新妆，理罢新妆飞燕袖。　　谁挂云帆天际走。可否仙班相邂逅。问君安得紫台情，化作烟霞随左右。

浪淘沙令

与友人崂山拾韵

何处觅仙山。此处名传。依情约得共随缘。莫许耐冬神话里，醉了心田。　　流水识琴弦。多少诗篇。一兜清韵付云笺。拟把翠澜开浪朵，遥寄君前。

◎ **朱超范**

渔　浦

其　一

渔潭胜景九垓开，谢客诗魂手自裁。
词赋清眸悬竹帛，江潮入耳走奔雷。
香山不驾扁舟去，玉局常随明月来。
唐宋长留文脉在，风骚谁领上天台。

其　二

三江气象四时新，景色无人画得真。
恐是烟光隐轩鹤，亦疑云影匿旃斖。
清闲狂客无非酒，逸趣谪仙堪泣麟。
幸有宏才擎翰墨，何愁落笔不传神。

◎ **谢伟国**

蝶恋花

咏南京阅江楼

五月凤凰花似酒。醉了江南，醉了秦淮叟。画阁雕栏曾绘就，南宫梦别新都秀。　　千里江山弦下奏。殿阙红墙，今染烟霞岫。嘉树有情江水透，阅江楼畔青青柳。

破阵子

三月三南海神庙庙会

浴日亭中听雨，章丘台上调琴。拟记韩苏存旧韵，拂拭残碑远梦寻。凭栏通古今。　埠有石痕曾历，绸牵海贸航砧。遍拍斜栏销块垒，欲借潮声洗袖襟。无言雪鬓侵。

◎ 吴久籁

观景台上赏秋田

凭栏放眼洗秋心，一片梯田灿似金。
雾里孤峰倏露面，邀宾合诵《水龙吟》。

庚子重阳节行吟

福梅花海有邀约，一脉清流正向东。
蝶舞娇娆香国里，蜂飞烂漫野田中。
山间觅韵白云路，石上留题碧玉丛。
九九艳阳秋意暖，江山如画句难工。

◎ 梁　婵

津京行

中秋瑞霭绕津京，古韵随心伴我行。
漫步街心多自在，一声浅笑蕴深情。

重游灵隐寺

九下苏杭觅旧痕，杏花小巷雨纷纷。
飞来峰上留花影，灵隐坡前忆故人。

◎ 夏征宝

阿　里

绝壁千寻白玉巅，斑斓世界作冰川。
百年城堡人烟少，雪带云衣别有天。

桂林龙脊梯田

龙脊层层上，梯田入眼眸。
浮光萦石埂，青彩绕山陬。
碧带禾苗润，金还谷粒悠。
山中飞瀑下，心共水长流。

◎ 蔡圣栋

蓬溪揽胜

度得春来三月天，蓬溪清碧水涓涓。
莺啼幽壑峰凝翠，花绽高崖竹绕烟。
山舍近云依碧落，砚池入笔仿青莲。
当年谢客行吟处，长听悠悠石上泉。

重过狮子岩

春度溪山胜境开，兰汀芷岸绿相催。
帆张孤棹乘风去，狮卧千年任浪来。
几缕翠岚浮远岭，一帘细雨沐新梅。
依稀遥忆当初事，岁月消磨屐印苔。

◎ 毕太勋

鄂王城

西周遗址冻云横，野岭荒台少客行。
钟鼎当年王气盛，剑戈今日绿斑生。
惜无石马萦乡梦，幸有雄辞叹古城。
鄂楚风流何处是，高河柳岸问涛声。

白帝城

幽壑潜龙雪岭来，夔门浪卷峡云开。
啼猿刚送残冬去，春色又迎神女回。
两岸青山霞映带，一江碧水梦成堆。
千年白帝画中月，总把清辉洒玉台。

◎ 林步燕

护国寺赏花

槿花阶侧红，秋菊对寒风。
未悟如来意，莫言诸相空。

游华清宫

往事千年渺似烟，温泉从此断清源。
奢靡困顿终成土，惟有山花岁岁妍。

◎ 詹　强

黄鹤楼

喜见云开烟雨收，凭栏极目楚天收。
桥通百年圆梦路，城建万幢康泰楼。
骚客虽同黄鹤去，宏图自有后人修。
征途不管多艰险，壮志盈胸傲五洲。

南歌子

大尖山

远望尖山顶，遥传瀑布声。登天峻道隔阴晴。挥手拨云驱雾日光明。　　写意黄花灿，流金绿树盈。梯田村落喜同屏。观景台高一览大江清。

◎ 杨寄华

回故乡

蒲塘千古享祯祺，展业栖居总合宜。
漕运官河盈美意，石铺镇道奠宏基。
天祥百岁牌坊耸，乳菽三香御笔遗。
域土含硒人养寿，周庄北版靓芳姿。

行香子

游狼山植物园

日丽风和，满目流芳。聚狼山，共沐春。成荫绿柳，滴翠幽篁。赏杜鹃红，风铃紫，盏花黄。　　逢盛世，晚年安享。寄豪情，园苑徜徉。氧吧吮吸，板鹞翱翔。听鸟声啭，哨声脆，笑声飏。

◎ 陶雪华

游兰亭

幽篁吐气清，邀友入兰亭。
神往流觞事，犹闻曲水声。

峨眉峰

欲沐佛光何惧难，将心作磴上峰巅。
礼虔金顶千年寺，顿觉思飞天外天。

◎ 耿明辉

三亚晨起

一夜倾盆雨，晨来草木新。
是谁惊我梦？啼鸟出椰林。

江城雾凇

琉璃凇雾满瑶台，无数琼花照眼开。
恰是高松迎客去，翻成好景入诗来。

◎ 冷为峰

黄鹤楼

云卷春秋仙客去，江风每念入高台。
双峰合抱乾坤阔，两水分流日月来。
楼绕鹤芳留古韵，桥横梅笛祛尘埃。
涛声淘尽世间气，唯有诗花依旧开。

秦淮河

夕照酒旗动，人潮涌水潮。
千船横列岸，万盏点云霄。
迹践乌衣巷，燕离朱雀桥。
六朝多少事，皆在玉波飘。

◎ 虞克有

百山祖

山如宝剑刺云中，势压江南十万峰。
碧海松涛呼正气，晴天瀑布震长空。
冷杉枝杪腾红日，翠壑烟间贯彩虹。
最是清纯山涧水，处州润得绿葱茏。

山乡秋色

一声雁叫桂芳浓，万岫斑斓岚霭蒙。
篱菊摇黄呈傲骨，池波弄碧映青峰。
稻香飘处歌声袅，蛙鼓敲时竹影笼。
最恋村前枫树岭，夕阳辉映火般红。

◎ 陈樵哥

上元后三日意坚兄招饮韵拈飞字

老树疏枝望日晞，湖山见处雨霏霏。
寒连远浦潮声劲，野聚低霾鸟语稀。
自对苍茫收泪眼，恐留斑驳湿缁衣。
元宵即至天心冻，春在闲人嘴上飞。

岁末登麓山

残妆卸却露清姿，不负东风彻夜吹。
雪影梅香俱有韵，涛声云气本无私。
频生感慨头空白，小历沧桑味可知。
又到年关封腊酒，春来自取佐吟诗。

◎ 胡智勇

咏秋瑾

秋风秋雨为谁愁，赴死先驱鲜女流。
讨虏未成今日恨，抽身已作旧时羞。
不求侠骨标青史，且付絮情蕴寸眸。
纵使须眉多俊士，潇湘巾帼论无俦。

滕王阁怀古

未冠声名映士林，珠玑不掩少年心。
滕王阁上飞孤鹜，殿颂篇中动几音。
一檄鸡文才子运，无端命案泪人襟。
叹言南海平如镜，俗世圜流愈可侵。

PK唐宋

◎ **曹　旭**

游陶渊明村

拙耕堂上见江亭，五柳风烟满蓼汀。
山气夕佳飞鸟远，大巴归看一天星。

◎ **陈　兴**

参加内山书店百年纪念座谈会

烟卷燃时几觉寒，长衫夜半望阑干。
星灯交错流黄浦，旧是风云上海滩。

千叶忆雨

雨里诗怀久不开，可能因雨闷诗怀。
雨平犹作雨时忆，万马奔从天上来。

孤　吟

未必开窗便有星，几回吟咏到天明。
新篇初就高歌起，春草秋虫不解听。

夜　雪

向来待雪费相思，春鸟秋虫笑我痴。
今夜年中最寒冷，雨成白蝶漫天飞。

◎ **陈　哲**

过吴淞江怀程开甲院士

江水奔流呜咽声，苍天何酷夺先生。
蘑菇云起寒沙碛，不战功齐百万兵。

◎ **何　智**

暮归有记时中秋前日

青竹拂衣山道斜，炊烟缭绕过田家。
可缘节近饼香薄，稚子殷勤摇桂花。

冬　至

檐前霜叶日飘萧，土灶无声归影遥。
一线寒光来瓦隙，白头人抱老花猫。

乡　女

小雨窗根过绿蓑，辫梢低把久摩挲。
所嗟不及鹅儿好，犹敢人前唤阿哥。

丁酉秋过三峡

行近江崖晓雾收，兼天霜叶下悠悠。
邑人遥指洄波处，曾是吾家吊脚楼。

过李依若写歌台

苔点石磬长草闲，人言歌者出其间。
及今台下清波软，犹养当时月一弯。

农转非

朝朝闭户拒车尘，可悔轻为城里人。
偶向远郊寻闲地，行行锄做故乡匀。

候车村道见鸭

一足沉沉一足轻，水涵沙径泰然行。

路人休笑影颠簸，世道由来几处平。

前江有记

笔架山前江水碧，杂花繁树入波纹。

渔歌归晚最堪待，一点青篙过火云。

◎ **李荣聪**

步武大樱花大道

可怜庚子春，辜负樱花雪。

今冒寒雨来，不忍踏落叶。

村晚即景

烟才尝腊肉，风已开新酒。

夜是黑米糕，一窗咬一口。

雪中见飞鹰

阴云厚若盖，寒气凝胜铁。

鹰翅如刀利，刮天飞玉屑。

看浔阳楼宋江题诗

若个浔阳楼，无酒无老板。

都知谁涂鸦，没人报城管。

庚子踏青

口罩摘除云雾开，春山与我共抒怀。

新阳黄入菜花里，挤得芬芳扑面来。

赴鄂抗疫请战书盖满红指印

庚子春寒滚滚来，白衣欲挽楚天灾。

一枚指印一团火，不信江城冻不开。

老同学聚会

一曲老歌腔转黄，碟儿敲出少年狂。

烛光乘兴乱挥笔，笑语欢声涂满墙。

庚子清明

北望乡关揩复揩，思亲余泪湿双腮。

人间疫重还禁足，宿草青青儿未来。

逢　友

曾经每饭必光盘，今忌三高杯不端。

老友归来何以待，一壶雀舌一窗山。

嫦娥五号采月壤归来

曾经多少眼望枯，今日逢人说嫦五。

九天捉得月归来，添作珠峰峰上土。

◎ **刘鲁宁**

小　院

山前多细雨，云外有人家。

小圃竹篱短，能围四季花。

◎ **刘能英**

西江月

江城春晓

乌鹊失于黑夜，明星死在清晨。白云吊孝鹤招魂，应答子规声哽。　晴日一旌高展，煦风八面来奔。樱花铺路粉均匀，拓下东君脚印。

鹧鸪天

赏花不得出门

鹤信江滩缓缓回，柳丝摇荡楝风吹。绿杨叶滴明前雨，红粉香沉汉上梅。　莺恰恰，蝶追追，踏青人困铁门扉。一年春事真堪惜，空对花瓶碰酒杯。

岁杪杂诗

一年日历不堪撕，别有感怀回首时。
霜草死于忧郁症，雪花飘进爱情诗。
烟霾已被风吹散，山岳未因江转移。
岁月虽残人尚健，五更犹写报春辞。

◎ **楼立剑**

南歌子

下厨打杂

不是心情懒，多因技艺穷。围厨打杂亦英雄。两个辣椒剁得满堂红。　萝卜无贫富，人心有歉丰。一番滋味万家同。恰似含情带泪剥洋葱。

◎ **马斗全**

唐时以山右诗人为最多

诗家旗鼓阵堂堂，南壮蒲州北晋阳。
长使汾河原上月，水流云卷想三唐。

与数诗友沿湖岸闲行

共绕西湖半日行，聊凭绿水助吟情。
悠闲景色悠闲步，诗到雷峰塔下成。

伫望葛岭

孤山东去白堤长，检点湖山例又忙。
果是西湖饶古迹，只多一座半闲堂。

◎ **潘　泓**

聊　天

唏嘘一再便舒眉，电影雷声孰可追。
四十余年几同事，张亡李老赵双规。

◎ **彭　莫**

深　巷

深巷光阴入酒杯，露台小坐树成围。
晚风吹落槐花雨，隔壁阿婆扶杖归。

街　尾

红墙驳落倚黄昏。至此车流亦缓奔。
小店门前无叶树，老人安坐待初春。

柴科夫斯基《五月》

缓缓音符落，人间倾月光。
虫潜歌叶茂，草动谢风凉。
花影香千种，波纹水一方。
琴舟手为桨，或可到君旁。

肖邦降D大调前奏曲

相识黑键立，又向雨中弹。
坠叶檐声细，浮街伞色斑。
如君踏水过，似客奉心还。
曲止成独坐，隔窗是某年。

注：肖邦去世后，心脏盛于银杯送回故乡。

◎ **沙　丹**

乙未大暑厂园停电戏作

黄瓤西瓜黑扎啤，清凉夏日不神疲。
就他一片松荫好，呼取邻翁杀快棋。

甲午新秋夜雨即兴作草

披豁心胸呼快哉，一杯烈酒热过腮。
秃毫劣纸灯窗下，书到漫天风雨来。

经绒庄街勾起儿时回忆

时光成定格，熟悉这条街。
古井人家傍，小桥风雨来。
剪刀锤子布，冰棒马头牌。
记否那些事，男孩和女孩？

知心小聚

茶寮欢一聚，周末最相宜。
泡个新龙井，拿包软玉溪。
偕来日方午，不觉月偏西。
长话缘知己，何须有主题？

戏咏旧时算命之盲者

铛鸣过万门，杖曳动仙尘。
墨镜耆儒貌，青衣上宰身。
运开凭掐指，钱与即逢春。
来问迷津者，皆为亮眼人。

◎ **沈鉴宇**

忆儿时滑冰

夜缀河冰风作针，急蹓哪顾薄难任？
晨昏百遍爹娘喝，一串笑声甜到今。

◎ **滕伟明**

阿　母

坠叶飘窗夜已阑，几番叩问得无寒。
可怜我已垂垂老，阿母一如襁褓看。

◎ **王惠维**

庚子年尾感他乡游子

打工人被困天涯，未绝疫情难返家。
缠在心头两根索，一牵父母一牵娃。

重过竹溪

故地重来魂黯销，依稀记得旧苗条。
那年秋雨如烟嫩，牵手曾过小竹桥。

◎ **巫资华**

登白云山过濂泉

未至白云巅，先掬白云水。
萝叶翠兼黄，秋花红间紫。

泉飞幽壑中，鸟啭深松里。
坐此长吟啸，山风拂绿绮。

种　兰

移来盆上植，浇水复施肥。
十日叶皆瘦，三春蕊尚稀。
深岩惯幽独，闹市失芳菲。
本欲多怜顾，奈何翻愿违。

◎ 武立胜

别　友

渐远伊人不可追，南来北往两暌违。
海棠已共春消瘦，唯有相思一夜肥。

◎ 谢春江

闲　咏

一包勇士一壶茶，适意还推躺椅斜。
懒抢风头闲读帖，能过日脚怕成家。
工资习惯匆匆尽，岁数何妨暗暗加。
夜里邻居来白话，蓝莘扯到赛金花。

◎ 星　汉

武当山金顶望云感赋

远飘虚幻压红尘，平割乾坤上下分。
老去书生奸猾甚，倚岩不肯踏青云。

白云山下作

鸟语人声两不闻，秋风远去送斜曛。
眼前一叶丹枫落，知是空山卷白云。

宿碧瑶湾寄内

乘车不记路，日暮进山坳。
倚枕来花气，开窗近鸟巢。
多言须自敛，健忘任人嘲。
一夜芭蕉雨，随风淡淡敲。

游魔鬼城日暮方归

夜幕降临后，又将魔鬼藏。
探头遮月暗，吐气化风狂。
百里山川乱，三更话语凉。
明朝天气好，总要见阳光。

去岁出版著作四种，庚寅清明焚于严慈墓前，欲使见之也

又是春风阻玉关，天山冰雪跪坟前。
键盘上看星辰落，书本中听风雨旋。
岁月无情添白发，严慈欲语隔黄泉。
不烧冥纸烧文字，此是故乡灯火钱。

到渠县

如醉如痴不自持，今朝犹恨我来迟。
一时人物风云奋，千里乡村稻黍滋。
城坝土深藏重器，渠江水暖孕新诗。
为书佳句挥毫久，夜雨收来入砚池。

大足石刻雨中回望

撑伞遮天去路长，流泉声里过牌坊。
风吟岁月诗千首，雨抹江山画一张。
俗念萦回今日净，佛心远近自家量。
历朝造像劳相送，身倚青崖列数行。

托孤堂遐思

霸蜀图吴天地昏，连营一炬化烟尘。
史书功过归先主，军阵魂灵属草民。
大位欲传皇太子，贫家也有老娘亲。
战场未死持戈者，恐是长江拉纤人。

柳如是墓前作

生前死后几风波，垂首坟茔费琢磨。
红豆情缘多涕泪，朱明宗庙已蹉跎。
莺花不是秋胡妇，富贵总归春梦婆。
我道虞山真有幸，圣贤葬此又如何？

克拉玛依之歌雕塑

凤凰翙翙向苍冥，下接神州上挂星。
凝聚当时真善美，放飞此地老中青。
回头西域经磨难，奋翅东风抒性灵。
一曲壮歌流韵远，大江南北走雷霆。

◎ **熊东遨**

酉水舟中拾趣

一注星河水，分流到鄂西。
人言青嶂外，时有野猿啼。
薄霰来风窟，凉波转石梯。
谁家小儿女，摆手踏花泥。

注：土家摆手舞为当地一绝。

夏日楠溪江探源小憩石桅峰

小坐云林下，怡然品至清。
嘬波鱼可数，挂树蝶初成。
所见虽常物，何曾失正声？
穷源余我辈，不畏路难行。

日本投降纪念日谒蒋光鼐将军故居

半涤残尘半洗哀，海门秋雨挟潮来。
名因抗日相当大，花不骄人自在开。
百战终消亡国耻，孤魂远隔望乡台。
河山几度风吹绿，犹有英雄骨未埋。

自银川至额济纳旗客途走笔

一串驼铃入混茫，此行真欲破天荒。
数声寒雁秋云白，千里横沙塞草黄。
食野诚如诗所道，开边代有国之殇。
光阴只是寻租者，赚取人间百样忙。

秋经长白忆昔戍守于斯忽忽五十年矣

朱墨图成迹未磨，秋声秋色满林阿。
风提旧事翻红叶，人踏微霜下白河。
碎影频从心上现，流光疾似梦中过。
重来怕作同袍忆，忆到同袍泪雨沱。

◎ **徐艺宁**

潼　关

南山郁郁锁苍茫，渭水东流洛水长。
自古兵家争战地，黄河一吼作秦腔。

◎ **杨逸明**

题龙泉广隆剑阁

星光凝紫月光青，铸剑成林满展厅。

只怕束之高阁上，无风无雨有雷霆。

龙华古刹听古琴

共聚禅林侧耳听，一弯冷月寂无声。

清音疑自云间降，能洗人心到透明。

读六世达赖仓央嘉措传记与情诗有感

藏语诗行世绝伦，读来心动泪沾巾。

七情六欲君都有，活佛原来是活人。

见大雁排列人字形横空而过

金风渐减远山青，一字飞来目最醒。

撇捺雁行天上写，世间团队少人形。

飞机上口占

蓦地穿空震慑心，不同所见付沉吟。

云层变脸真难测，对上阳光对下阴。

秋　兴

萧斋昼梦忽然醒，雨后西窗爽气生。

久对秋风知骨瘦，时翻古籍觉神清。

红茶沏入残阳色，白发搔来落木声。

骚客尽情吟百感，动人终不及虫鸣。

写诗心得

单求句丽又词清，大雅之篇未易成。

诗亦如山应有骨，笔难比月更多情。

几行汉字心头砌，九点齐烟眼底横。

写出寻常人与事，也须机趣盎然生。

题吴江新居

幽栖已不羡林逋，我屋之西亦有湖。

窗外连天千顷浪，盘中佐酒四腮鲈。

烟云影起供挥扫，风雨声来伴打呼。

谁料未曾求富贵，竟能垂老住蓬壶。

科学家发现外星人发来无线电波

穿行黑洞跨银河，收到高邻发电波。

读此居然无密码，猜他也许是情歌。

不愁同载终连榻，只恐相逢已烂柯。

除却地球房产外，原来宇宙小区多。

住院体检戏作

老来仪表减堂堂，七尺之躯亚健康。

共振已添磁与核，内窥直达胃和肠。

药难脉脉除斑块，针可餐餐降血糖。

跳动丹心休过速，汗青不照也无妨。

◎ **姚泉名**

瞻梅兰芳故居

衔杯醉步事犹存，一曲杨妃酒尚温。

缀玉轩前秋树碧，满庭风影似梅魂。

乘高铁自京返汉

燕原万里向天平，寒麦初苗隐隐青。
归路才嫌暮烟暗，夕阳烧亮一河冰。

泸州晓望

静静烟江向晓开，青山城郭两无猜。
凭窗正爱泸州好，群鸽从天泼下来。

◎ 余减租

咏小鸡

曾似乾坤混沌身，啄开地壳看风云。
诸君莫笑绒球小，它日一声昼夜分。

◎ 余青海

夜游太湖

轻舟向晚入湖中，潋滟波摇夕照红。
夜静虹灯镶远岸，最光亮处却朦胧。

登望天楼

幕阜山深早入秋，与君同上望天楼。
人生一似长空阔，学得浮云自在游。

◎ 袁振东

单　车

只餐力气不餐油，脚踏飞轮量地球。
宝马奔驰莫鸣笛，清风开道胜王侯。

◎ 张明新

雪

霄汉云为壤，江河水是家。
飘时人尽仰，世上最高花。

◎ 张智深

下马石

独立皇陵侧，端居孔庙前。
千官皆下马，一石冷无言。

寄　远

清宵孤月冷，有梦出罗帷。
渺渺秋江上，风骑一叶飞。

梦见亡兄来访

十载忽还乡，倚门长不语。
兄从何处来，披着清明雨。

◎ 赵宝海

友人卜居海南

候鸟南飞客，久谙琼海霞。
椰林春夜雨，却湿北疆花。

天和海

苍天罩沧海，沧海鉴苍天。
无心争大小，皆可大无边。

安葬母亲

手捧骨灰朝水湄，此生痛悔紧跟随。
娘亲抱我万千次，我抱娘亲只一回！

峨眉山

膜拜十方金普贤，云庵雾寺种红莲。
山山水水皆禅院，月挂峨眉舍利圆。

初进大兴安岭

车子轻轻雾似纱，重林叠翠少人家。
深山生态自由恋，一朵云亲油菜花。

◎ **钟振振**

李中耀先生油画萱花鱼乐图近在法国大皇宫展出

娇黄黠紫闹鲂池，如海乡思测一蠡。
谁把春棂故园绿，和窗空运法兰西？

霁夜赏荷

翠盘过雨失铿锵，残滴犹悬破涕妆。
蛙舌广长都睡去，留人月下话私房。

甲午闰重阳次友人韵

此生消得几重阳，菊满东篱酒满觞。
不管他人多厚黑，可怜我马只玄黄。
滚瓜难读六经熟，结果空抛三径荒。
故事登高且随分，待辞彭泽向柴桑。

浙江泰顺

闽浙风华此邑多，人勤技巧竟如何？
山林筚路启蓝缕，水墨廊桥截翠波。
石键琴排步溪矴，皮划艇掷纬湖梭。
危梁飞架铁悬索，汗漫游从云上过。

山东无棣千年古桑园

故道黄河百亩桑，一园沃若郁苍苍。
年差可及轮辽宋，天幸不能弧汉唐。
如凤枝条云翼覆，犹龙叶片海鳞张。
夏收二十万斤葚，紫了山东赤日光。

凤翔东湖

半世追星粉大苏，十年两度到东湖。
亭传喜雨扶风事，壁镂蓑烟涉水图。
禾黍地埋秦岁月，牛羊群踏汉荒芜。
台崇独有凌虚在，足恃应唯德不孤。

敦煌鸣沙山月牙泉

英气能鸣百丈沙，风情底事咏蒹葭。
才醒春梦睁泉眼，便转秋波抿月牙。
一例温柔猜任我，十分冷静默由她。
夕阳在水红真湿，莫道镜中空幻花。

凤凰出版社《古典文学知识》刊行二百期

文学星空变愈奇，谁将一册课群儿。
苦劳策划三十载，累计刊行二百期。

抖擞风雷干气象，英灵河岳动须眉。
我从少壮读到老，未觉阑干花影移。

次海鸥兄韵赠小明兄

一从唐律面开生，今世犹敲仄仄平。
鹦鹉何须逞口舌，豺狼终待褫冠缨。
谁争卢骆王杨序？且竭兴观群怨诚。
会得剑南诗稿意，绝知此事要躬行。

徐　州

有人此地曾戏马，此地有人曾斩蛇。
淮海之间一都会，湖山自古两清嘉。
擎天柱立钢铁侠，喷水炮驰风火车。
亮出徐州重名片，霸图帝业不须夸。

◎ **周啸天**

锦里逢故人

涸辙相嘘以湿同，茫茫人海各西东。
对君今夕须沉醉，万一来生不再逢。

合璧联珍

吴震启宅居诗稿作品选

吴震启，中国文学艺术基金会吴震启艺术专项基金管委会主任，中国书法家协会第四、五、六届理事会理事，中华诗词学会理事。获“当代中国十大杰出人物”“中国十大精英博客”“中国发展改革领军人物”“联合国华人榜人文奖”等荣誉。

品 茗

春来世事乱如麻，独坐斋中漫品茶。

静看游云生远念，闲猜古树长新芽。

念 友

多凭短信报平安，未料春来壁上观。

不是斋中无纸笔，空城顿觉寄书难。

思 亲

岁月无声柳渐黄，天高倍觉白云长。

京华有梦难安稳，老母于今在故乡。

赋 诗

叱咤风云岂我能，雕虫小技度今生。

江郎未许诗才尽，总有岩浆涌动情。

宅居詩稿十九首 吳震啓

品茗

春來世事亂如麻獨坐齋中漫品茶靜看游雲生遠念閒猜古樹長新芽

歲在庚子之春[illegible]近作於北京朝陽以萬詩齋[illegible]記之

临　池

灿烂星光铺满天，相辉互映若群贤。
流芳岂止钟王最，只是生辰已在先。

读　书

不须凿壁去偷光，灯火于今照万方。
慨叹手机难释手，怎邀明月入心房？

奕　棋

人间战事总难休，岁老天荒世白头。
自古江山无汉界，于今楚水照常流。

洗　衣

今人尽用洗衣机，捣杵之声渐次稀。
夜半诗情何所似，时常涤荡净心扉。

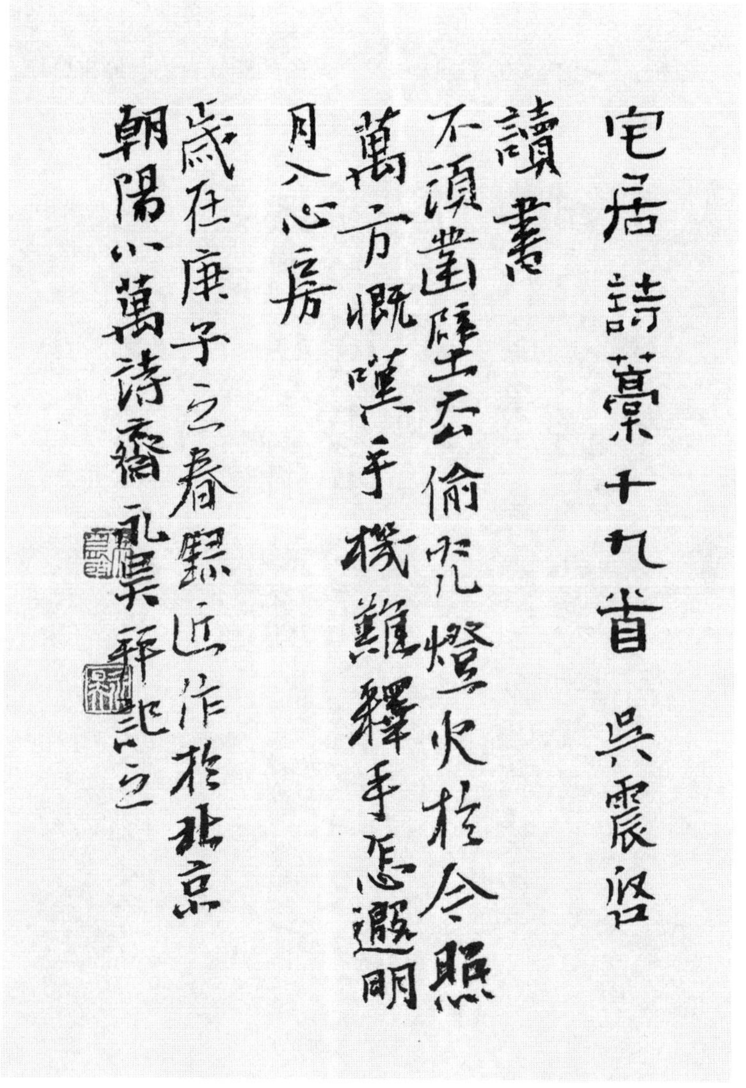

炒　菜

刘公要术为齐民，世事从来五味陈。
肉体凡胎融水土，谁能境到了无尘？

吃　饭

百岁初逢宅过春，千家万户避瘟神。
休言日久无聊甚，想想江城医护人。

睡　觉

夜静更深念楚天，辞亲逆旅月何圆。
辛劳已是家常饭，一线几多地下眠？

洗　澡

谁家洗浴少喷淋，面对江城自扪心。
壮士如山雷火炼，红颜似水罩衣襟。

拖　地

俯首还须弯下腰，东西南北路千条。
明知此活乏诗意，恐忘当年锄嫩苗。

烧　水

孰知壶底有乾坤，冷暖皆能腹内存。
起落如潮终有悟，原来妙境在恒温。

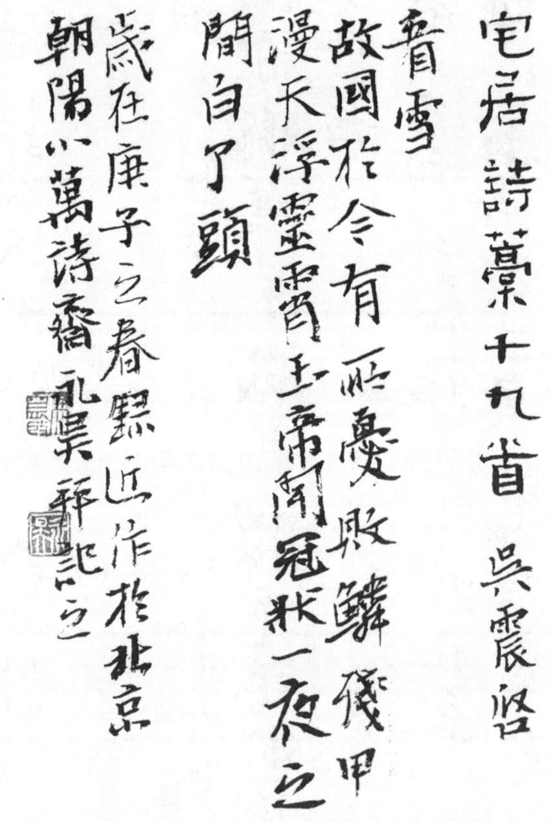

宅居詩藁十九首　吳震啓
晉雪
故國於今有所憂敢辭鐵甲
漫天浮靈霄玉帝聞冠狀一夜之
間白了頭
歲在庚子之春默匠作於北京
朝陽小萬詩齋孔吳釋記之

看雪

故国于今有所忧，败鳞残甲漫天浮。
灵霄玉帝闻冠状，一夜之间白了头。

听雨

飘来细雨本无声，万缕千丝亦有情。
人海车流今少见，莫非司马到空城？

静思

生来本性乐天真，岂止吾家境况贫。
不息前行填饱肚，初衷未想作诗人。

感时

全民战疫美名扬，血泪艰辛多隐藏。
莫羡花圈圈逝者，真心早许在平常。

翘盼

三镇同胞险几重，白云黄鹤怎相逢。
双眸紧锁南天望，翘盼江城早解封。

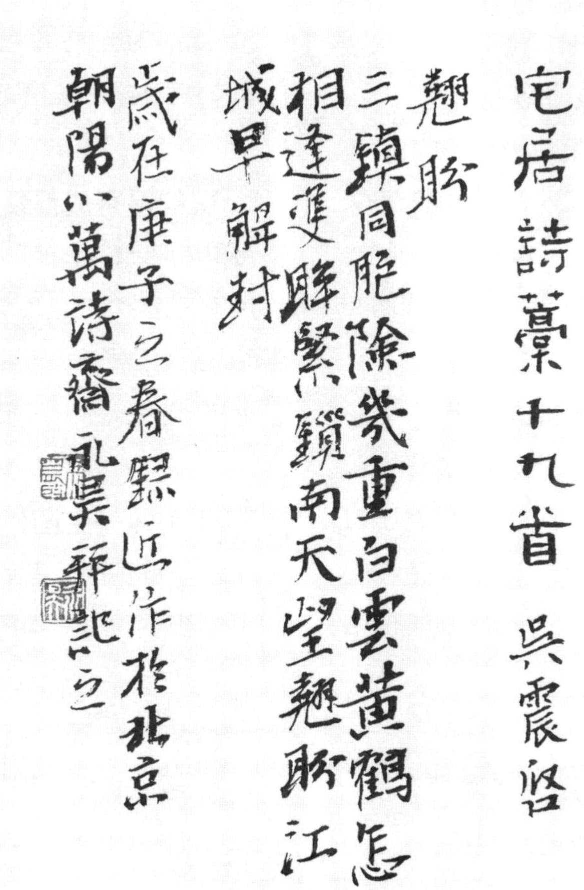

海外诗鸿

海外汉诗辑录

陈小明/辑

美国

◎ **谭宗义**

己亥立冬有怀

冬野茫茫觉恐惶，静观万物对穷荒。
冰天雪地征人苦，冷月寒灯夜读忙。
良药烹煎来济世，众生普渡救迷航。
自强不息为君子，先哲情怀伴国邦。

奉赠周荣先生

两代相知在异乡，谈诗论道发潜光。
漫长王业垂青史，完整朝纲治万邦。
渭畔孤舟藏隐逸，吟坛独步是周郎。
莞城自古多才俊，昌盛文风四海扬。

◎ **周　荣**

蒙谭宗义兄惠诗谬赞有愧谨依瑶韵致感

故乡根植扎他乡，恩感殊方日月光。
空慕先贤兴社稷，愧无长物荐家邦。
每将编务为当务，若替新郎作伴郎。
有幸蒙君诗谬赞，愿同文海并帆扬。

次韵遥寄成都蔡长宜诗姐

万里传诗倍感亲，句中词里见丰神。
殷勤婉慧芳华茂，慷慨真诚契意新。
访友应教偿夙愿，行程岂怨仆风尘。
盛情领下先深谢，一聚开怀盼克臻。

题何智才先生画作《领头雁》

鸿雁南飞逐暖流，苍茫云水觅芳洲。
但教团队精神聚，殿后何拘与领头。

无　石

不恃坚顽与世争，自凭一处历阴明。
补天曾解苍生窘，道是无名却有名。

出山流

清流湍激石间鸣，心向汪洋大海倾。
不惧前方多险阻，争相出谷赴新程。

生生不息

乾坤有序列春秋，意象何须着意求。
八表源流生不息，物情涵盖并刚柔。

◎ 吴　行

青玉案

魔鬼峰

平原屹立擎天柱。似巨座，如金鼓。百丈云台供跳舞。或须良夜，而成瑶圃。仙展霓裳羽。　高昂诡秘垂千古。勇士攀崖超壁虎。峰顶能人曾落户。风光美国，景奇寰宇。我幸临场睹。

晚登纽约布碌仑桥望自由神像

数串珍珠宝气饶，高悬水上亦娇娆。
金光闪烁参天亮，玉焰迷离映浪遥。
众客凭河观景象，一神向海立云霄。
繁华见惯犹安稳，夜半通行不寂寥。

◎ 陈伟区

卜算子

同学情

二载共同窗，男女无情念。几次分班认识多，各自前程远。　四十各天涯，贵在高秋串。己亥欢腾母校逢，何日重相见？

明城一日游

高明驻步学高明，醉蝶花园尝若英。
向日葵旁留倩影，玻璃桥下响泉声。
盈香生态天然好，乡土风情景色清。
此地曾同都一县，鹭湖山顶壮图宏。

注：明城，高明县县城。同都一县，作者为鹤山人，高明县与鹤山县曾合并为高鹤县，1981年才分开。

◎ 梁小峰

江门锦鲤之乡

莲叶田田锦鲤驰，游人快意赋新词。
涟漪闪闪鱼千尾，曳蹱徐徐月一池。
若是龙门相望冷，未妨民宅伴明时。
冈州吟草诗三百，妙韵琳琅四海移。

春　日

其　一

阳春烟景美，柳叶荡长眉。
散策青山路，游虞白玉卮。
归莺闻处处，去雁自迟迟。
晓落寒江月，风兰秀丽时。

其　二

春日长堤绿，莺声出柳巅。
云横西岭树，舟入夕阳烟。
石径随人远，沙洲藉水连。
红梅花影暖，叶叶绮窗前。

◎ **赵永鹏**

同步韵酬唱

风雨人生

无惊无险古稀年，唯恨从来运蹇连。
虽值升平现春日，却临灾难见狼烟。
米汤缘食万斤亩，担子长挑十载肩。
变幻风云谁可测，人生际遇只由天。

自 嘲

生来无勇也无谋，头脑单纯每杞忧。
补拙吟哦千遍作，图强探索万方求。
几时心意圆清梦，何处鸥盟自漱流。
但愿天涯留浪迹，静观自得度春秋。

夜 起

睡眠不足目无神，夜起常常自有因。
身体欠佳缘气郁，床头索句叹词贫。
泰然乐乐何愁病，苦难频频免怨人。
理得心安无畏惧，管他环宇尽烦尘。

◎ **翁跃韶**

老 屋

乱草逾墙欺故园，西山石径古城边。
十围榕树檐相叠，半掩轩窗鸟自穿。
辨迹涂鸦思昨日，拂尘银镜照残年。
人生聚散真难定，往事依稀到目前。

归 途

垂老伤离别，何堪羁旅身。
廿年迁客梦，万里到江滨。
燕绕檐廊异，烟添冢墓新。
乡音情更切，吾若烂柯人。

冬 雪

已覆平芜煞北疆，金辉玉羽映天长。
徘徊岩下和云碎，蹀躞眉间聚九肠。
老眼疏篱梅影破，清魂异域客愁茫。
常回所梦颜回巷，试与冰花共酹觞。

◎ **陈善良**

武陵源赞

久慕仙都几度寻，武陵源里感尤深。
山如笋立呈奇景，水似弦鸣奏雅音。
人在画中疑幻梦，身临妙境自歌吟。
阴晴雨雪皆生色，情满潇湘耀古今。

中秋吟

玉兔升云汉，清风入夜深。
举杯须纵酒，对月可弹琴。
耿耿离人意，拳拳赤子心。
蟾光相照影，款曲共高吟。

◎ **梅振才**

上海新世界城

百般娱乐更超前，络绎游人不夜天。
十里洋场新世界，春华焕发沪江边。

后辈三友会

昔日同窗长岛溪，如今闯荡各东西。
男儿当有凌云愿，生正逢时好奋蹄。

◎ **程　燕**

新元有作

老友围炉坐，敲诗斗朔风。
肥牛勾铎舌，腌菜裹灵通。
律错罚吹火，句佳同举盅。
草芦飞雪夜，颂唱夕阳红。

归乡有作

归乡喜踏草青青，幸有同窗结伴行。
渡口柳条扬旧态，牌楼石柱展新情。
瓜棚绿叶层层叠，竹里蛩声唧唧鸣。
满目秋光颜色艳，如诗入画慰心灵。

◎ **梅光伟**

写诗词有感

舞文弄墨写诗词，学习坚心永不迟。
拍马吹牛难下笔，别人冷眼不离奇。
光阴似箭风云过，与世无争自己知。
万象更新留记忆，苍苍白发亦英姿。

游长江

远道参加大众游，途中气象眼前收。
长江似带东西贯，势似如龙卧九州。

◎ **梁　军**

祝贺北斗导航平台建成

北斗平台已建成，导航今后有新星。
廿年勤奋装天眼，万里起行擎巨灯。
科学优先人辈出，图强发展国飞腾。
阳关西去春光好，技术带头鸿业兴。

三九暖冬

三九寒天不似冬，暖温梅雨与春同。
巴西洪水连城毁，北极冰山遍雪溶。
气候变迁担责任，家园维护树新风。
全球实现繁荣景，互信加强可建功。

◎ **王永连**

鼠年咏鼠二首

其　一

行藏闪缩够机灵，自古俱来有老名。
生肖排头谁敢占，应知非是省油灯。

其　二

身形遍布万千家，打洞偷厨靠利牙。
酷暑严寒无畏惧，生存能力最堪夸。

◎ **陈匡任**

苹城初雪吟

静看窗前柳絮飘，冷冬今日布皑袍。
行人跄步腰弯矮，煮酒围炉杯举高。
眼望远山思故国，情牵梓里建渠漕。
哦吟初雪寻锵韵，搜尽枯肠把额搔。

台山游感吟

气爽天高熟稻黄，快行轻铁闪辉光。
三泉湾里鱼虾美，正哥楼中茶点香。
旭日广场耆老舞，平湖秋月粤歌扬。
新开景点撩人注，秀丽侨乡添锦章。

武器广场

昔日刑场变广场，如今教政好商量。
和平共处严监管，勿使生灵遭劫殃。

抵巴西圣保罗市蒙梅裔辉宗兄、学兄热情接待

同仁初次抵罗城，即获宗兄盛宴迎。
待客殷勤称合礼，对人坦率见真诚。
品尝烤肉尤回味，细数追妻总有情。
文化交流欣美满，欢声笑语喜盈盈。

◎ 李春华

题女儿国画作品

其一 《松荫观瀑图》

悠然涧侧纳清凉，石板如床昼梦长。
一阵风来松荫摆，方知飞瀑入诗肠。

其二 《柳岸风轻图》

渔村摇绿柳，碧影接青山。
晌午炊烟起，归舟浅水间。

其三 《江流远眺图》

竹影拨云开，晨风入袖来。
江流离岸远，似是白帆回。

◎ 郭仕彬

咏 梅

最爱东风第一枝，凌霜傲雪显雄姿。
花开只把春来报，不兴群芳争艳奇。

咏 兰

冰清玉洁溢幽香，婀娜多娇列雅堂。
君子翩翩姿绰约，不输群艳自芬芳。

咏盆景

盆栽小小有乾坤，细作精雕秀色存。
形态多姿藏雅韵，入神品味可勾魂。

◎ 谭湘芷

同仁相聚在深圳

共事端州十八秋，纷繁前事脑中浮。
移民海外新天地，朝夕耕耘饱暖谋。
深圳相逢多喜悦，欢欣共叙意难休。
匆匆聚散归来去，友谊长青美意留。

夕阳抒怀

晚景情无限，回眸忆早年。
晨曦工紧凑，夜幕语修研。
不怕风霜虐，全凭意志坚。
云霞今似锦，快乐享空前。

◎ 许兆权

喜会梁光强师

芝城喜会正花繁，乍见欣欢欲万言。
化雨春风桃李广，来生必复觅师门。

再致俊生吾师

喜得良师兼益友，相随趋步五经旬。
来生绛帐重施日，我即程门第一人。

览费城花展

为览花容赴费城，欢声一路和歌声。
浮光暗影姿千种，春色盈堂倍眼明。

◎ 杨永超

过灞桥

九月秦中柳未凋，绿荫长护灞陵桥。
行人喜唱新翻曲，不唱骊歌折柳条。

诗友书诗老欲狂

老迈诗书恋，雕虫亦笑痴。
山川堆锦绣，尘宇列妍媸。
浊酒牵豪兴，清茶孕雅辞。
非图骚客品，娱性旷怀驰。

蝶恋花

咏　梦

梦会潇湘云水地。一晌无言，却解相思意。惆怅当年离别事。梦中得诉千千次。　　梦里招魂魂欲醉。片刻温馨，已抵平生志。梦醒犹将残梦识。空余生死殊途泪。

深秋有感

廿年风雨苦消磨，难得诗心慷慨歌。
犹未稿成多易草，倦游人老尚探戈。
劳魂役梦频推枕，逆水行舟更剪波。
满目秋光催作赋，青枫染血费吟哦。

赋得霜枝傲岁寒

屈曲蟠龙舞劲姿，山容憔悴剩霜枝。
擎天得地森森势，来日凌霄簇簇麾。
镇静疆维归掌握，动摇风浪扫纷披。
敷荣伫待春消息，坚节岁寒牢固基。

◎ 刘姚朗

秋日书怀

碧朗晴空雁影斜，井梧黄叶扑窗纱。
乡愁万缕难成梦，离恨千丝独叹嗟。
阵阵瑟寒当此日，声声渭曲是谁家。
苍茫举目天涯路，肠断西风换物华。

家　园

斗草游春梦已空，孩提往事早朦胧。
诗书礼教承庭训，养性修身忝学宫。
花信年华离故国，龙钟老态见昌隆。
木棉树下茗茶叙，历变沧桑笑语中。

◎ 姚天民

忆秦娥

金色年华

秋风烈，霜天绘染金枫悦。金枫悦，绿荫盖锦，落花飘叶。　　枇杷晚翠不枯竭，桑榆驿路无间歇。无间歇，踏山寻景，秋水澄澈。

踏莎行

度晚晴

隐隐蝉声，啾啾雁语。霜枫落叶迎朝露，登高眺望绿红黄，何曾极目青山处。　　晚照风高，飞霞日暮。琴棋诗画安然度，哪来忧郁有秋愁？闲庭信步桑榆路。

秋　心

秋心未有愁，篱菊满枝头。
雁影长空越，蝉声老树留。
霜天连远岸，夜月洒沙洲。
把酒邀陶令，桃源共泛舟。

金秋乐

鸿雁南飞露结霜，繁花谢幕绕篱黄。
良时惜取金秋乐，逝水难留趁日长。

戊戌抒怀

荏苒光阴戊戌年，四旬改革播宏篇。
国民经济跃居二，绿水青山常态鲜。
赤县小康双百梦，丝绸之路一帆沿。
征程进入新时代，勃发生机禹甸前。

浣溪沙

秋　兴

云淡风轻八月中，路边葩放气氛浓。野田棉梗百桃容。　　金桂枝枝香馥郁，鸡冠个个染颜红。霜侵枫叶色彤彤。

◎ **吴海生**

星夜兴吟

藏拙楼头自在吟，身安体健胜多金。
阐扬国粹骚人志，固守家规老客心。
露重霜严风凛凛，星斜月落夜沉沉。
园林久别牵情远，珠海云山梦里寻。

清晨闲步

往来闲步画楼前，心旷神怡意豁然。
纵目遥瞻郊野外，回头仰眺翠微巅。
云封野岫幽岩暗，雾罩危崖峭壁悬。
修竹扶疏杨柳舞，放怀吟赏蔚蓝天。

抒怀寄意

一息犹存每自珍，蜗庐狭窄足容身。
寻幽兴莅金银岛，览胜常临碧海滨。
亲近思遥怀故旧，弃繁就简以维新。
诗心豁达无疑虑，不作趋炎附势人。

注：金银岛，旧金山旅游景点。

东园远眺

漫步东园望远陬，山明水秀豁吟眸。
斜斜曲径风光好，蔼蔼丛林景色幽。
杞柳枝繁栖紫燕，疏桐叶茂宿斑鸠。
鸦啼鹊噪天将暮，落日余晖映画楼。

◎ **黄　新**

荷绽濠江廿周年

淡雅婷婷伫水湄，生来惯看乱云飞。
披风斗雨凭千盾，立地擎天仗一锥。

认祖何庸计先后，出身岂可定尊卑。
喜今傲放濠江畔，摇曳丰姿沐曙晖。

雪岭孤松

磐根石隙立峰孤，雪压霜摧亦乐乎。
不与桃梅争粉蝶，愿同天地共荣枯。

依韵敬和郭业大诗翁七律三人行家庭音乐会

三人畅聚盼秋回，未弃冰弦先举杯。
抡竹频频疑夏雨，飞弓疾疾拟春雷。
中西并用扬金韵，今古交融效乐魁。
白发疏狂君莫笑，琴歌信可抗衰颓。

◎ 朱绍昌

海外新年

人喜百年寿，今朝各一添。
雪从山上白，岁比去年甜。
美酒须防醉，新橙不用盐。
裁诗歌盛世，宜朴不宜尖。

望　岳

举目望千重，峨峨一岱宗。
石阶连石壁，云瀑贯云峰。
行止蓬山客，思寻老杜踪。
纵然秋未近，情已荡心胸。

立秋登岱顶

泰岳行思久，今登一望雄。
摩崖碑字古，御座道门空。
雨布鹏霄暗，云开海日红。
惟惟天在上，万法自然通。

鹧鸪天

春　思

谁放流飏漾碧空。香江花月太匆匆。当时倩影如新月，别后楼台乏好风。　　循旧迹，认前踪。欲从梦里会游龙。纵然醒后惊鸿远，却胜年来梦也空。

◎ 李锦重

幽居闲吟

其　一

友朋微信越洋洲，问暖嘘寒语不休。
旧雨常钟谈往曩，新知每爱话春秋。
古今趣事时时发，中外奇闻日日收。
学术难题齐探讨，诗词唱和喜交流。

其　二

闲梳白发理须眉，镜里容颜莫叹悲。
面对人生当自若，身蜗陋室亦安怡。
弄孙方享天伦乐，健体才能二竖离。
最是清茶兼淡饭，松龄鹤寿岁期颐。

◎ 王敏健

夏日海边

银涛腾暑气，朱火炙流霞。
伏叶蝉啼树，探幽鸥渡沙。

有谁潜碧浪，无处借仙槎。
却见东陵客，南篱勤摘瓜。

南乡一剪梅

雨中赏荷

炎暑踏溪桥，绿皱荷池逸趣邀。忽有轻雷云外滚，风也飘飘，雨也飘飘。　　珠洒藕花娇，净袜凌波洛女腰，皎洁何分晴又雨，舟约秦箫，香醉秦箫。

菩萨蛮

惜别深圳诗友拈韵买字

猗兰一曲何人买，暗香习习寒梅洒。暮色入苍冥，离樽和雁声。　　经年求索苦，鸥鹭相邀舞。剪烛问归程，藕风兰棹晴。

◎ 彭天演

赠白素贞

叛道人如浪底萍，不时挣扎怕飘零。
物随季长天成就，水顺风行自有灵。
了得欢颜娇本体，难辞美酒露原形。
脱胎换骨谈何易，请返深山享鹤龄。

◎ 殷明辉

宿重庆南岸

重到巴陵路几千，何时事毕可西还。
海棠溪畔数经过，烟雨坡前屡借眠。
隔岸声光灯似海，枕江楼阁水如天。
涂山梦好留诗处，帐听荒鸡报夜阑。

答赠酒愁

跨海乘风旅越乡，故人湖上久相望。
花间对饮千杯少，月下双峰一榻凉。
太白精神诗有种，楚骚骨脉句还香。
《黄昏手记》动心魄，译作空灵寡和章。

注：《黄昏手记》，为台北文人酒愁先生译作。

加拿大

◎ 刘桂娴（加拿大）

风入松

母亲节念萱亲

含辛茹苦湛恩深，难报寸春荫。眠干睡湿持长夜，嘘寒暖，柔婉慈音。润蕊滋苗甘露，春风化雨温临。　　无缘反哺痛于心，树欲静风侵。羔羊跪乳人难效，母亲节，孤女哀忱。一束鲜花恭献，泪沉思蓼诵莪吟。

西江月

猜谜寄趣

谜友纷纷考索，沉吟慢慢思量。似非疑是细参详，欲语又妨妄撞。　　拆字词牌药目，地名成语诗章。幸而猜中喜如狂，雀跃欢腾万状。

英　国

◎ **吴仁仁**

西域行吟

青海湖

千里青堤几度关，高原深处绕云间。
离离绿草融山色，点点牦牛尽日闲。

丝　路

迹寻丝路越祁连，塞外风光别有天。
张掖灵岩山溢彩，敦煌绝艺壁留仙。

兰州黄河第一桥

黄土高天据上游，桥头白塔望沙洲。
轻帆冉冉朝东去，序鹭关关唤客留。

银川四景

贺兰岩画夺天工，水洞奇兵梦里逢。
秘境沙湖称一绝，黄河古渡仰遗风。

呼和浩特

一出阴山万里原，入眸无处不销魂。
当年可汗挥军马，此日敖包着梦痕。

越　南

◎ **钟至诚**

西江月

为历史武侠小说《番禺侠踪》题词

求计罗浮剎，分兵南岭诸峰。杏花女侠可寻踪，心许秋波暗送。
少侠朝阳论剑，长虹技压群雄。番禺城里起兵锋，雒越一场春梦。

岁末随感

裹足蜗居不记年，诗人点赞喜盈篇。
乍闻吟社添新血，愿共同仁铺锦笺。

法　国

◎ **陈　湃**

立冬随感

华夏今天已立冬，西欧是日尚秋浓。
还须冬至才冬立，差异方呈物不重。

澳大利亚

◎ **陈玉明**

武汉封城抗病毒

武汉封城为救急，攸关性命莫迟疑。
疫情肆虐须严控，病毒疯狂应隔离。
举国齐心防感染，全民奋力创神奇。
千军万马皆投入，生死输赢定可知。

赞中国医护人员险境逆行

一声令下除瘟疫，众志成城有作为。
险境逆行图报国，丹心奋起去帮危。
消亡冠毒拾人命，拯救灾民靠国医。
济世杏林倾友爱，匡时天使大慈悲。

◎ **王香谷**

题外孙女新年初画梅兰

暗香疏影数枝开，蝴蝶娇兰信手栽。
水墨丹青初试笔，新篁晴竹仲姬才。

为东台市人民医院赴鄂医疗队壮行

二月东亭折柳枝，英雄儿女出征时。
两千里路风云急，十八颗心江汉驰。
三楚忧情千斛泪，九州抗疫一盘棋。
神随天使西行去，捷报频传归有期。

鹧鸪天

南山松

屹立如磐岩石中，长江万里水流东。千年一梦乾坤固，六合三春日月同。　西行雨，北来风，乱云飞渡自从容。黎明天际星寥落，待看朝霞映照红。

小　寒

隆冬三九小寒中，雪重夜深啸北风。
雁动雉鸲巢鹊寂，酒酣诗涌火炉红。
腊梅幽雅清香溢，故国纷华秀色笼。
膝上琵琶歌未尽，春光散落百花丛。

◎ 蒹　葭

步韵唐寅《落花诗》

其　一

丹桂虽凡邻女夸，暗香袅袅到人家。
仙葩唤醒风烟色，清气衔来日月华。
疫下仍无三世客，院前已怯一灯斜。
我眠冬岫谁相问，足不惊尘井底蛙。

其　二

冬寒亦会慕花荣，诗掩尘泥未许争。
远海涛声鸣雁共，长空帆影乱鱼倾。
行藏抱憾惭无梦，来去飘零叹有生。
读史南朝临帖字，佯装诸事不伤情。

寻　梅

其　一

无梅不得窗岭雪，似君心、愈寒愈冽。异乡过海云帆楫，别来家山远，影随风绝。　画梅楚楚无因结，素妆裹、些些青靥。持缰踏马天涯折，怎如随它去，开尽玉骨。

其　二

今年只听潮水断，弄风月、天涯已远。蘸墨画几梅花瓣，梦中飘摇得，搁长沙浅。　悉尼未使花千霰，未至雪、未鸣飞雁。噪蝉一片高一片，画完将梅子，钤个古篆。

◎ 何　芳

摊破浣溪沙

祝平安

大敌如临锁楚天，江城肺疫啸寒烟。幸赖救兵来助力，闯难关。　萦梦晴川芳草地，寄情雪羽白云间。黄鹤仙人捎我意，祝平安。

临江仙

阳台宫灯花开

百尺楼台花有信，宫灯巧挂玲珑。这边浅紫那边红，青春颜色好，浓淡自然中。　　但得韶华长伴我，天涯忘了飘蓬。乡心如烛付纱笼。拳拳光不灭，吹任大洋风。

◎ 周　昕

为消山火祈雨

山火炎风难控收，虔心祈雨灭燎头。
天公当恤民间苦，拯救生灵解众忧。

◎ 周伟强

祖国行韶关游

重回南粤尽优然，满目新姿花树绵。
汇水浈江绕城带，通关明塔奏碑弦。
珠玑道古乡音近，云寺峰嵯山色连。
最喜瑶民斟客酒，直教游子醉三天。

题荷花村

十里荷花别样鲜，清流淙淙绕村前。
还期庚子无他事，来约吴哥唱采莲。

◎ 常　旭

杜甫的烦心事

一卷吟成心寡欢，捻须野老枉嗟叹。
强人剪径尚蒙面，幕府横征为哪般？

丁酉秋拜望导师张教授

教坛挥汗卌春秋，伉俪同心泛学舟。
母爱师恩讵能忘？慈颜鹤发自风流。

野聚路上

丁酉夏回乡，师生傍水约聚，诗酒同乐。余沿少学山路前往，步行三十里。当年荒山秃岭，而今林草丰茂，生机盎然。一路欣喜，裁诗以纪其事。

雨过山吐翠，学子共流觞。
峁上黍禾壮，道旁雉兔狂。
闲情适归客，野趣秀奚囊。
相隔烟云外，已闻诗酒香。

◎ 康有才

闲　吟

半世窘颜同，虚无总是空。
功名尘与土，市侩雨携风。
岁月云飘去，流光梦幻中。
鬓霜居陋室，闲做一诗翁。

赞天使凯旋

疫情遏制雾霾收，援鄂英雄壮志酬。
楚地弟兄含泪送，巴山父老挥襟留。
山河挽手长江颂，黄鹤欢歌举国讴。
华夏从今无病痛，炎黄至此少忧愁。
高歌一曲传天下，点赞几番誉九州。
史册载入永不忘，白衣天使撰春秋。

◎ 随爱飘游

春从天上来

期待春游

雨后春生。叠翠染春枝，滴水春明。细柳春舞，嫩草春萌，阡陌郁郁春盈。探春归山暖，化春雪、水澈春行。沐春晖、望春柔百卉，且把春迎。　　怜春惜春春恨，更不忍春囚，烟锁春莺。人伴春浓，心随春意，且待破晓春鸣。盼年年春好，游春野、蜂蝶春荣。踏春程，赏世间春艳，魂入春情。

卷珠帘

其　一

春江泛曙烟，瀑布落清渊。
绿柳迎归燕，红梅笑岸前。

其　二

春江泛曙烟，堤岸柳枝翩。
泉水吟新曲，云河舞碧天。

其　三

瀑布落清渊，松林掩玉泉。
春山依暖日，笙曲拨心弦。
绿柳迎归燕，春风启玉船。
远山尤是佛，近寺不离禅。

其　四

红梅笑岸前，白雪映青烟。
聆鸟松间曲，听禅石上涓。

新西兰

◎ 李晓明

人生秋至有感

坎坷生涯寂寞诗，夜阑浅唱入眠迟。
岂因朽谢叹黄叶，好助森荣发绿枝。
月色白从秋雨后，枫林红到雪来时。
天裁万物饶真趣，竹菊梅兰各异姿。

贺北师大蓝裕平教授专著问世

一果如何不计秋，怜他薤叶聚眉头。
浮光织锦难成匹，出岫飞泉始入流。
谁识经年心血字？但书五夜子孙忧。
黉堂士奉朝堂略，向晚余晖豁远眸。

女生返校园补摄师生合影有寄

羁愁别绪两彷徨，幽契萦袍敛岁光。
屐齿重来亲杏苑，花梢独忆沁书香。
鸣雏凤待清声日，了宿缘期秀骨郎。
此去泉城归鹤梦，梦拴禹甸益敦庞。

新加坡

◎ 杨玉珍

晨　景

残月向西斜，晨曦透万家。
清风驱睡意，心静待朝霞。

送　别

清秋霜冷月，连夜送君行。
怏怏思知己，依依惜挚情。
相看悲戚戚，未语泪盈盈。
万缕离愁绪，无照到五更。

咏　梅

玉骨冰肌色艳新，幽香横影一枝春。
浓妆淡抹清而雅，几点霜姿最可人。

◎ 潘君棠

隐　匿

侠义豪情声势噪，江湖浪荡有虚名。
金盆洗手心清净，隐逸无争盼晚晴。

红　鹤

伸长脖子频张望，水里埋头捕食忙。
翅膀嫣红波灿焕，风中嘹唳聚泥塘。

◎ 黄嘉一

唐多令

寄语张文宏

庚子促鸦飞，新冠夹雪追。不是风，狠把城摧。张爸贴心谈应对。春迷途，带春归。　　连线五方帷，医防一局棋。北拳刚，太极低回。因地制宜相砥砺。民心聚，泰山移。

◎ 林　子

忆江南

马六甲河怀古

河窈窕，姿采似当年。两岸扶疏长郁绿，一弯归海汇源泉。今夕水犹寒。　　秋荏苒，几度损容颜。风里且闻倭寇哮，桥头还见血痕残。吊古莫凭栏。

浣溪沙

游霹雳洞

钟乳嶙峋有洞天，庄严楼阁半山悬，斜梯拾级听幽泉。　　彩绘琳琅通佛界，荷香缱绻绕池边，灵光一线透心田。

宅居感怀

连日新冠迫，风声扰寸心。
云霾长郁郁，庭院更深深。
月下寻花语，网中兜翰林。
韶光随斗漏，诗乐是知音。

立冬感怀

旭晖一抹照冬还，僻径迂回几道弯。
雨乱寒云天尽处，雪飞梅岭梦萦间。
低吟方可畅心迹，浅酌当能驻笑颜。
世态炎凉今古是，且看风过水犹闲。

◎ 马宝汕

沁园春

七十年沧桑

自立更生，奋发图强，建设小康。赞中华崛起，江山稳固；大兴凤立，国庆辉煌。七十峥嵘，卧薪尝胆，大步雄关今越昂。人民乐，望天安门外，歌舞飞扬。　　神州如此繁昌。引无数英才竞技长。有环天北斗，冲洋航母；超声导弹，飞速龙行。不忘初心，坚持梦想，一带兴荣一路匡。惊呼处，又红旗如海，方阵如钢。

无　题

烈火燎原梦又空，织途老马卸鞍戎。
参天古木盘根紧，半壁江山鹤唳中。

海天暮景

夕落斜阳色桔红，光芒染透半天空。
迟归海鸟身虽倦，却爱悠翔美景中。

◎ 刘意玲

如梦令

相逢在网中

夜半觉来时有，冷月清风吹透。几许梦魂中，昔日送君青柳。厮守，厮守，笑对面书更漏。

注：面书指facebook网络社交平台。

秋　意

西风轻拂柳丝长，红叶飘飘日渐凉。
帘卷秋光多别恨，谁家庭院溢芬芳？

◎ 彭绣晴

鹊桥仙

武汉新冠病毒肆虐时

毒魔伸爪，苍生乱阵，坐困愁城失措。回家游子路迢迢，望乡叹、何时团聚。　　空街冷巷，凄风苦雨，前线仁医无惧，火神山里战狂妖。待冬尽、春光和煦。

菩萨蛮

沧海桑田

韶光飞逝临迟暮，儿时欢笑随风去。甘榜换新装，乐园梦里藏。　　乡情无觅处，玩伴难相聚。人事两茫茫，青春已泛黄。

卜算子

菊　颂

秋至满山黄，何惧寒霜重。玉立婷婷展秀姿，高洁知音懂。　　孤傲复坚贞，雅士诗词颂。万树千花俱损容，唯菊清香送。

◎ 岑春燕

题画《竹雀》

小阁挥毫总忘情，偶听窗外有风声。

胸中彩墨淋漓落，翠影枝头雀鸟鸣。

鹊桥仙

光阴飞逝，无痕岁月，走过迢迢长路。心怀远梦总寻思，画楼里、闲愁不苦。　　青山飞鸟，风轻云淡，偶尔晴时阵雨。管弦随性意悠悠，说不尽、其中雅趣。

◎ 刘情玉

瑞鹤仙

十一月京都、岚山赏红叶

纵眸观叶展，小隐避喧嚣。涧溪弥漫，红裳映溪畔。一群啼鸦去，耸松排岸，流云聚散。且觅句、风花剪剪，渐黄昏、秋色家家，逸趣融融撩眼。　　兴叹，丹枫煜煜。落照斜飞，谷烟侵苑，柔柔款款。疏钟袅，月娥见。听寒虫低诉，幽人歌啸，客舍岚山夜半。尽悲欢，追梦华胥，酒醒梦幻。

马来西亚

◎ 曾议辉

世事感怀

光阴荏苒瞬间过，坎坷人生岁月磨。

世事无牵甘淡泊，心如止水不扬波。

母亲节感怀

五月又逢佳节临，孟郊诗句万人吟。

北堂萱草花开遍，慈爱无私似海深。

◎ 张英杰

读王维诗

吾羡王摩诘，诗中画意涵。

云霞自来去，山水任穷探。

胸境超尘远，禅机静处参。

晚年归隐后，恬澹在终南。

春山即景

寄迹云林里，春来草木芳。

群峦皆挺秀，百鸟任飞翔。

籁韵催诗兴，山泉瀹茗香。

超然游物外，胜境即仙乡。

己亥初冬旅台感赋

其　一

为爱蓬瀛去复来，小阳春气满林隈。

风前黄菊繁霜染，雾里青山几处开。

大道遵行须善策，中兴盼望出雄才。
何时一览鲲鹏举，万里云程遍九垓。

其　二

南来又访几诗坛，卅载论交证胆肝。
客倚江山如锦绣，谁令海峡涌波澜。
升平追溯时偏短，慷慨行吟意未安。
汉祚而今凭振奋，相期莫负寸心丹。

◎ 温松钦

盛夏抒怀

夏景炎炎市道沦，空蒙一片满烟尘。
晴窗斋舍时风热，长案纸宣云翰新。
幸有吟毫堪作伴，虽无田宅可为邻。
爱诗更识书中趣，春尽何惊岁去频。

采桑子

茶　禅

一茶一味禅修事，清茗生津，况味怡神，一啜舒心好养身。　一禅一叶如来境，禅意颐真，叶绿维新，茶净人心世仗仁。

◎ 李容德

愧疚亲恩

强悍疫情千户延，清明裹足望云天。
双亲恩典藏胸臆，苦雨难趋拜墓前。

◎ 叶淑卿

马来西亚颂

祈声破晓响黎明，和睦包容齐共荣。
同乐同欢佳节日，相亲相爱善民情。
神山探秘攀崖峭，海底搜奇赏水清。
两岸景光风土异，多元美食客来迎。

◎ 廖锦芳

感　怀

三月暮春天，无心咏雅篇。
愁云遮暗暗，悲泪洒绵绵。
谁料新冠降，何堪寰宇延。
华陀期再世，灵药速精研。

华夏诗阵

江苏省诗词协会

◎ **蒋定之**

踏莎行

雪

风卷寒云，江南雪早，千林落木芳菲少。吴山远韵百千般，隋堤近处低飞鸟。　缓步归来，冬衣换了，此中幽趣同谁道？门前指得向南枝，笑留清瘦梅花照。

满江红

赋雪松

斗雪傲霜，苍翠滴，岁寒行色。风露下，石边堆秀，水波流碧。非是春回才始发，且看冬至扶摇力。重重叠，扑面见空山，留连客。　高处择，低处适。无限意，应知悉。这天成逸性，最为难得。冷浸枝头尘不到，澹风对月清无迹。不消说，风物岂无情，君当识。

◎ **顾　浩**

汉字情

翻阅中华大字典感赋

字闪星光，词耀霞彩，每念仓颉总垂涕。回首童年，习书时候，点画撇捺皆心意。初读诗文，始弄笔墨，方块篇前逸兴起。七十春秋，三万珠玑，萦脏入腑梦魂里。幸生神州，傲执狼毫，试问哪国能相比。　五尺健躯，四千密友，奔雷难毁鱼水契。多日苦思，一夕骤得，把杯高诵忘所以。无声言语，有形情志，经典满堂何雄丽。

◎ **冯敏刚**

浣溪沙

贺中共建党百年

南陈北李定初衷，沪会红船启战程。开天辟地取一经。　大浪淘沙真金在，雄鸡唱彻中国红。改革开放近梦成。

初　雪

子夜初降雪，节气不由人。
山坡松裹素，湖畔柳垂银。
冉冉升红日，微微洗战尘。
神州心更定，捷报正传频。

◎ **盛克勤**

满江红

百年斧镰

嘉沪相衔，此一刻、飞倏百年。兴业当、彼时安晓，筑梦初喧。望志风华皆正茂，变端无阻誓盟坚。恰玉成、湖浪涌红船，掀赤澜。　风云幻，难尽观。斗封建，战侵顽。纵美盔援蒋，亦败偏湾。卿本工农劳作手，自持主义捷频传。据斧镰、复振大中华，应必焉。

◎ **徐　红**

重建新四军军部80周年有感

相煎不忍听，血溅皖山屏。
重设中军帐，还依北斗星。
铁流迎战火，盐阜响雷霆。
古庙彰青史，功当五岳铭。

临江仙

书　怀

窗外翩飘红叶，鬓边任露银丝。人生未觉入秋时。初心终不忘，晚岁觅新知。　寻句搜肠自醉，敲诗弄墨如痴。隔空唱和韵相随。登高吟夕照，健步影参差。

◎ **荀德麟**

晨醒有感

徘徊不见柳穿莺，正好沉迷山海经。
四面大荒遭古怪，几根鸡肋品余馨。
寒窗重逸琅琅韵，水调长抒滚滚情。
千里逆行初出汗，浪梯尽处揽流星。

迎小婿江夏战疫凯旋

开我郊门迓我英，春风春雨喜初晴。
厨裁新韭烹佳味，酿出封坛洗甲兵。
问讯尘氛黄鹤近，笑谈雷火白云轻。
少年不管翁姑意，犹说闻笳再奋缨。

◎ **杨学军**

蝶恋花

香　山

风起香山云竞渡，赶考京城，未忘来时路。济世何须圈霸土，长留脉动今人数。　仗剑英豪追梦去，道在民间，心有擎天柱。谁伫厅前吟几度，南窗已见花千树。

临江仙

回　望

庚子年来风既定，雄关险路重重。摧花雨猛啸声汹。无非生死地，铁索架飞虹。　　不灭英雄能再世，至今绝顶流枫。整装昂首路朝东。痴心犹未改，一样启霞红。

◎ **宋善岭**

探　母

几缕愁丝替旧青，一张轮椅坐中厅。
与儿闲话身强起，不再叮咛只是听。

农民工与妻诗

打自村头吻别家，至今南国作生涯。
只知老板心肠好，未觉食堂滋味差。
子女顽皮真得管，工钱难挣也该花。
还余一句犹当紧，谢你床前侍候妈。

◎ **何培树**

赞琼花

身披白云无点瑕，羞同群艳竞芳华。
眼中万卉少颜色，洁净从来是此花。

咏　梅

冰封玉裹显缤纷，雨打风吹更摄魂。
不待春归冬雪化，花枝摇曳俏山村。

◎ **徐于斌**

临江仙

题洋湾古戏台

舞榭移来偎秀水，水边十里樱红。梨园菊部有遗踪。凉州敲玉石，金帐动春风。　　扰攘红尘多少事，都来粉墨场中。优伶檀板定奸忠。杏梁归燕子，雅乐忆黄钟。

水调歌头

为木兰剑社卅年社庆作

卅载一弹指，弹指鬓全斑。回看九曲长河，百感起波澜。换了瓢城旧影，老了春愁秋恨，肝胆忆当年！诗剑两难已，我亦虱其间。　　龙泉客，沧海笑，渺如烟。关山踏遍，拿云年少雪光寒。休问江湖何在，四顾鱼龙寂寞，夕照半天残。师德留矜式，一钵有人传。

◎ **朱思丞**

夜游万善塔

众葩睡去莫相扰，怀抱暗香瞻玉霄。
皓夜游春听涧水，半依明月半依桥。

游金山

新绿浅妆新柳枝，旋归莺燕不多时。
山偷黛色春来早，梅递红香人去迟。
一径潮声通宝殿，半窗残月照禅诗。
他年若遇白娘子，邀与畅游情莫痴。

陕西省诗词学会

◎ 张曼利

行香子

玉

亘古荒蛮，混沌愚顽。破鸿蒙，初种蓝田。星河磨洗，地火烹煎。赋一抔魂，一腔血，一双肩。　犹温厚土，炽然真性，与谁共，厮守年年。慧根独觉，曾补苍天。是此生君，前生石，再生缘。

蝶恋花

秋

白露寒霜欺树杪，满地黄花，不忍篱边扫。向晚飞鸿天际杳，斜阳淡淡依云早。　鬓上光阴青渐少，一寸光阴，不许一分老。且把童心和梦搅，斑斓画个秋山好。

◎ 东　川

重阳节感赋

岁岁登高处，乐游原上逢。
傲霜长寿菊，带露百年松。
极目南天雁，聆听龙寺钟。
夕阳无限好，倚杖自从容。

初　冬

西风何浩荡，天地顿生寒。
褪色山林瘦，经霜花叶残。
嗷嗷落单雁，漠漠送君滩。
云聚云开处，相思一万端。

◎ 胡宝玲

府谷转角楼怀古

似是雄关百万兵，长河铁骑又出征。
旌旗猎猎刀光闪，战马嘶嘶杀气生。
白骨堆成边塞地，赤心护就府州城。
楼头远眺无一语，墩口分明有号声。

府谷清晨远眺

夜色将阑星月同，天边一抹渐空蒙。
长河飘带孤山下，大路悬丝双眼中。
秦晋之桥连左右，黎民灯火各西东。
霞光捧着太阳起，心里彤彤那个红。

◎ 王　霏

春日渼陂

空翠轻烟度远浔，望中白鸟入青林。
三桥柳色横堤溢，双塔钟声隔岸深。
能共九思抒雅韵，还凭子美引清斟。
从今不问桃源路，到此枕风听好音。

游岳麓书院感赋

云为信使水为媒，十月潇湘揽胜来。
红领千山尊岳麓，物华三楚出英才。
每思文脉于斯盛，常叹风流自此开。
一路高秋凭指点，新诗吟到赫曦台。

◎ **王兴一**

沁园春

志愿者之歌

是一丝云，是一泓泉，是一盏灯。念良知呼唤，帮扶有我；真心奉献，滋润无声。绝地驰援，危时救助，任在风中在雨中。关情处、便赴汤蹈火，不负平生。　钦行大义从容，纵花谢花开三万重。见天崩地裂，迎头冲上；山滑水涨，出手抚平。世事无常，人间大爱，正似清清一缕风。从兹去、用赤诚暖热，厚土苍穹。

◎ **马　瑀**

小康路上

助农乡下行，山路几重重。
门外霜风紧，盆中炭火红。
寒来知冷暖，秋后问收成。
早日脱贫去，临别满笑声。

别　赠

昨夜潇潇雨，凌晨径自停。
驱车经渭水，送子赴南宁。
天净枝新绿，花香鸟共鸣。
云开风正好，任尔跃长空。

◎ **张　琼**

新春试笔

旧卷高灯遣岁华，吟眸无碍拙持家。
口悭渐喜春中荠，眠浅新疏午后茶。
兴起晴窗裁纸鹞，闲来小院伺盆花。
流澌涨绿垂竿处，心共柔条到日斜。

致爱人

生来羸弱拙谋身，幸得相知共世尘。
片语工余心不倦，三餐病后味常新。
诗因论久同吟惯，琴为听多合奏频。
傍水郊居嚣杂远，闲时静对一庭春。

◎ **张伯利**

念奴娇

雾后翠华

晴岚飞散，望天低峻岭，峰峦初霁。瑞霭蒸腾流翠处，且看青山堆玉。地动鸿蒙，乱石断雾，湖水澈如许。终南有幸，承接多少澄碧。　老树沉绿凝烟，淡描秋色，任尔冰霜嫉。明月无人松弄影，空谷听风吟曲。探洞寻仙，入云问道，参透乾坤意。诗情未了，更添十丈豪气。

◎ **郭　健**

咏　墨

池边洗砚聚乌云，池水染成梅色曛。
倘使常教王冕见，亦成图画亦成文。

题贫困生捧书图

春垄全凭春雨滋，恰如年少读书时。
润酥枯木成材日，始信光阴总是诗。

◎ **王彦龙**

街头独坐

繁华过眼剧伶仃，擦踵摩肩总陌生。
坐到天街车马尽，一人独看一城灯。

庚子春节山居感事

新春随处好，乡曲最怡然。
晴雪无人迹，孤村散野烟。
红炉煨芋熟，白日枕书眠。
底事还惆怅，江城一线牵。

河北省秦皇岛市诗词学会

◎ **梅　里**

【中吕】黄梅雨

梅里老家

碧水悠，山家秀。黄添青杏，绿淡竹头。萝卜肥，尖椒瘦，光屁的孙儿把花猫逗。猛回头又把嫩瓜揪。树上绿鸥，桌间老酒，喝醉朋友。

【中吕】黄梅雨

梅里老家

山路斜，莺歌切。河边种柳，岭后栽茄。跳绿蛙，飘红叶，三五孩儿捉螃蟹。送阿爹举杯邀月。半盘嫩蕨，三名大爷，几个嗝噎。

◎ **郭万海**

访南戴河贝壳王国有感

贝馆惊生戴水南，东风给力鼓长帆。
砗磲武训儿孙阵，螺冠文传弟子班。
应记故乡均是岛，同投新主即为天。
文章远涉侏罗纪，唤起涛声报永年。

祖山雪韵

昨夜琼飞漫祖峰，无边寒气锁空庭。
五尊高士漆银甲，万顷槎桠印水晶。
寂寞山林成画稿，澄明境界自穷通。
今宵月挂家山上，一派清晖耀世明。

◎ **张　明**

中国诗人角

歌云交汇入幽隅，拓就山边橡树居。
巧手耘耕三义岭，彩毫藻绘四方书。
子云鄙屑说辞赋，诸葛通达出草庐。
雅士和同集一角，开成阔海跃飞鱼。

赏新寨桃花

春明景序错期差，不赏梨花与杏花。
漫舞红云舒细雨，羞蒙白雾抹微霞。
娇娇懒意学高士，脉脉含情扮美娃。
欢醉东风味道里，迷离且认武陵家。

◎ **沈永福**

赠　人

何妨戎马亦多情，仗剑行吟扈帝京。
少保威惊倭寇胆，惠连才壮谢家名。

遥怜妻女肠千结，力搏蛟龙梦几程。
澡雪乘风真快事，沧溟万顷任纵横。

观元旦天安门升旗有作

金声破晓吹，列阵出宸闱。
剑仗三军壮，人潮万目痴。
云霞随冉冉，山岳拱巍巍。
大海星辰灿，神州梦正奇。

◎ 王雅静

庚子岁暮

节序作流莺，四时各有鸣。
烟堆杨柳色，雪覆浪涛声。
抱卷幽人侣，临流苍鹭盟。
长怀浮蚁日，不暇白头惊。

◎ 王红利

山海关怀古

关锁山河宝剑鸣，千秋功过待谁评。
戍楼惯看风云色，荒冢时闻鼓角声。
地驻六龙车驾壮，月明万里海天横。
将军一怒成灰土，只向红颜问死生。

书稿完工，今宵痛饮

壮夫无悔事雕虫，毕竟人间事不同。
寒夜常悬孤月白，东风已放小桃红。
半生寥落江湖外，十载淹留感慨中。
块垒难销须痛饮，今宵欲唱大江东。

◎ 马小兵

山居雅翁

篱笆小院理青蔬，袅袅炊烟绕草庐。
野舍柴房吟雅韵，石桌瘦笔绘新图。
鸡鸣报晓穿云雾，日落观星数玉珠。
山做信笺泉做墨，兴搜妙句著诗书。

鹧鸪天

秋　尽

落叶缠绵似蝶飞，荻花摇曳任风吹。池塘水浅残荷寂，田野秸枯寒雀肥。　霜秋尽，冷香归。东篱寿客映斜辉。裁霞绣锦催乡梦，且惹诗魂醉几回。

◎ 孙玉梅

观朱洁静《评弹女》舞蹈

醉里听弦醒处歌，云衣电步展婀娜。
飞天素手抒湘袖，踏浪弹心荡楚波。
一脉香薰融众萃，十年苦汗领新河。
浦江秀色当惊世，更舞神州挂冕多。

太极拳

圆柔静泰笃神思，游腕行云气运时。
白鹤欲飞翩振翅，长猿下探倒钩跖。
两仪成象乾坤盛，八阵齐名日月知。
华夏中兴金鼎筑，还瞻道法五洲驰。

浙江省衢州市诗词学会

◎ 叶裕龙

沁园春

参观龙天红木小镇有感

红木之都，江练生辉，舫秀仙灵。望山披画彩，宫祠盘郁；水浮玉座，楼殿霞蒸。独运匠心，公输再世，杰构泱泱天下惊。开园日，看龙天炳曜，檀镇蜚英。　宏篇生态纷逞，更传世菁华一旗擎。念儒经道教，修身济世；观音太母，施爱播情。务实求能，推崇首创，矢志攀登事竟成。复兴路，信炎黄子嗣，文脉经承。

◎ 张贤友

灵鹫寺

登云沐日众峰低，悬瀑奔来百鸟啼。
灵鹫传经千载证，怪石穿殿几人疑。
尘埃拂去通新境，僧侣归来释旧谜。
世事轮回焉有定，浮生自主胜无期。

观千峰山有感

鸟啭空山起五更，登巅忽感有神灵。
云弥万里妆银汉，日耀千山竞翠屏。
老骥逢时难卧枥，青骢得意任驰骋。
乍闻飞瀑松竹外，又是一番锦绣程。

◎ 夏希虔

钟南山院士

受勋日下足称雄，抗疫驱魔立大功。
年越八旬未辞老，肩挑万石令推崇。
雷神山顶呼风雨，荆楚城头遏孽龙。
国士无双亿民颂，丹心辉映五星红。

恭贺劳海超女史《劳氏丛考》付梓

年届期颐心尚雄，奋蹄老骥有高风。
蝇头小楷摇芳影，椽笔华笺浮玉容。
茫茫碧海频冲浪，滚滚长河敢溯踪。
策杖行吟湖畔柳，吴山麓下仰青峰。

◎ 曲涧松

贺新郎

用张元幹曳杖危楼韵记行灵山

曳杖灵山去。想当年、稼轩应愿，劈山填渚。栈道盘空弯递递，黯拟期思古渡。倚绝壁，游心雄处。上下蚁兵行列肃，料曾经、受训辛郎鼓。风猎猎，红裙舞。　行来暗忆鹅湖路。叹书生、冰桥斩马，吟鞭破虏。我欲催驱群兽石，漫与淮南寄语。向淮北、飙尘卷土。试挽虬松鸣万箭，啸蟠云、可射金雕否。云四合，共飘举。

◎ 祝仁卿

仙霞湖舟中即题

仙霞湖上泛舟时，恰是春芽新染枝。
写意何愁无水墨，山川作画我题诗。

梅　花

四野荣枯总扰怀，无常天气惹愁来。
清欢应习梅花骨，雨雪阴晴自在开。

◎ 王淑贞

春日回乡

有水潺潺绕屋行，有花灿灿笑相迎。
有亭隐隐霞光里，有鹭翩翩掠影轻。

临江仙

酬谢诸友

此夜西风翻旧梦，何堪醉倒樽前。飞沙黄叶久回旋。更无凭吊处，诗酒腹中酸。　　弹尽弦歌谁会意，一行雁入云天。诚知世事亦艰难。诸君多保重，各自守平安。

◎ 赵木兰

咏渣濑湾花谷

远山淡抹映天光，渣濑湾中扑鼻香。
花谷蜂飞秋色艳，东篱友邀意情长。
慢城村里醉游客，百日菊丛吟紫黄。
装点江山无限好，金花一朵美斜阳。

踏莎行

临安客中

碧海青天，星河北斗，高楼帘卷窗纱透。一城灯火夜阑珊，卧听弦管声声奏。　　客里相思，梦中忆旧，当年荷染衣衫袖。湖光倒映浸山青，画船随水轻轻走。

◎ 何放华

回老家

人约清明后，驱车向故乡。
路斜溪水碧，村寂野花香。
竹径抽红笋，茶园采绿芳。
迎头逢旧识，邀我品琼浆。

贺杭衢有礼号游轮首航

钱塘江美接衢州。一路风光尽眼收。
七里扬帆分水镇，千峰倒映富春洲。
桐君山下同君醉，严子钓台偕子游。
有礼相邀无别意，惟将欢笑画中留。

◎ 姜丽萍

华胥引

冬月过周老师旧宅

疏枝簪玉，小院流香，蕊斟月魄。瓦背青苔，檐头粉壁催忆得。那有白发蒙师，似春风吹陌。折柳溪洲，一陂春水林碧。　　别去黄童，忽忽间、已成乡客。行来巷末，寂然深庭老宅。多少时光逝去，更蓬心还忆。小叩无人，一枝共我长立。

临江仙

观花园学子鲁迅剧场展示

那年那月轩辕老，处处风雨如磐。日昏春暗痛心肝，碧心催笔愤扬鞭。　今日今时无限好，稚童重诵遗篇。声声长句忆英贤，镜天魂魄日边悬。

◎ **陈庆霞**

咏　竹

沐雨迎风万态新，刚肠直节势凌云。
潇潇清影元无类，肃肃高标迥不群。
自守襟怀虚若谷，偏留细叶碧如茵。
心空韵远真吾道，何处幽栖不此君。

鹧鸪天

落　花

半委清波半委尘，疏枝转眼又纷纷。雨分愁色檐前落，风抱浓香阶下闻。　伤玉魄，叹芳痕，一声杜宇便辞春。芙蓉泣露何须扫，留取精魂报旧恩。

◎ **毛玮涛**

步芳斋兄韵悼吕君忾先生

伫听故曲有余哀，对送西风入梦来。
秋夜无端愁迭起，临窗多半泪相摧。
亦轻流俗随波去，请效先生剪棘开。
凋落清音谁踵继，长吟未肯下层台。

余杭偶遇寄朱愚斋兄

云中鹤骨何来者，一借轻霄万里殊。
着意闻君多指喻，临觞愧我少清酤。
恰同卷帙知才拙，犹对风流觉道孤。
想见高吟良夜久，斯人应已在津途。

北京西山诗社

◎ **林　毅**

购宝马740即兴

天性无羁血气刚，尤怡宝马胜萧娘。
长飙万里嫌车慢，好借三更趁月狂。
秀色佐餐多日酒，浮生入梦五云乡。
颜衰身老何须叹，还债山川啸夕阳。

永遇乐

飞天北斗

骇电轰雷，拂云凌汉，北斗来矣。织女惊心，嫦娥舞袖，寂寞刘郎喜。频探桂殿，复查玉宇，求索无穷摇曳。叹乎哉、神仙瞩目，飞天万户初志。　九霄揽月，五洋捉鳖，禹鼎安危凭系。造福黎元，倾情世界，未负精英智。寻航万里，驰行八极，不误纤毫方位。管弦劲、丰碑矗立，勋昭史记。

◎ 屈　军

苏幕遮（堆絮体）

留守妇

种麻桑，挥汗雨。枝上双莺，枝上双莺舞。山脊槐花风约絮。惹尽相思，惹尽相思苦。　　出携儿，归侍母。此味同谁，此味同谁诉？伫立当时离别处。望断东南，望断东南路。

扬州慢

庚子初雪

做玉拼花，掀风飏絮，飞霙初下瑶墀。是何来仙使，素束淡幽姿。正寻处、翩翾回影，纤秾合态，立候多时。又飘萧、不见行藏，羞要人知。　　岁残烟瘴，念尘嚣、天有微辞。便涤垢凝香，封冰冻瑞，占尽先机。却道春阴难管，归将去、化作晴霓。但孤梅依约，明年更赋新诗。

◎ 刘志澄

赞“天问一号”

一吼冲云破九霄，中华特使路迢迢。
欲寻人类宜迁地，天问先行搭鹊桥。

梅　雪

彤云卷絮舞山峦，洒瑞飘香未觉寒。
多少亭台披素色，一枝疏影独清欢。

◎ 代淑华

登滕王阁感怀

登临览胜到高楼，槛外乾坤分外幽。
瀚海蒸腾升紫气，大潮奔涌越礁头。
冯唐易老天难老，庄子周游云自游。
宇殿落霞浮碧水，浑然一色向东流。

镜湖赏春

草色青青春意浓，诗人携手步芳丛。
一泓玉水一亭月，一片白云一缕风。
隐隐琼林幽且静，盘盘曲径绿还红。
浮萍动处涟漪起，鸥鸟直飞到碧空。

◎ 尹碧静

题贵州百里杜鹃留春树

枝枝串串白无邪，素艳轻盈胜雪花。
知是千山红欲尽，故留春日更多些。

浣溪沙

题一叶莲

一叶成株小小莲，绒花五瓣蕊黄鲜，十分意趣水盆间。　　短暂相期真自在，清新甚喜妙难言。素心可可亦如禅。

◎ 刘　毅

夏夜闲吟

拟把人生比道场，回头细品韵初长。
身如紫蔓攀中累，命似青瓜苦后香。

偶借新梅妆画院，常陪老柳醉书房。

熏风几缕难成句，北斗移来补一行。

牧马罗波湖

曲径通幽绿可栽，长鞭催马乐悠哉。

千层油石山头见，万朵荷花水里开。

无意金鳞吹浪去，多情紫燕剪风来。

游人莫问桃源路，应向堤边筑钓台。

◎ **李仕华**

某寺院经商有感

寺中月色水般澄，憾有禅师弃法灯。

经卷换成经贸卷，对人不再道贫僧。

咏　莲

花自芬芳藕自空，莲蓬更是妙无穷。

一仁一室相安好，多似修禅在定中。

◎ **殷立华**

长相思

红　豆

月儿娇，女儿娇，君为伊人红豆抛，回眸正聚焦。　风潇潇，雨潇潇，夜抚琴弦梁祝谣，相思又一宵。

蝶恋花

清　明

陌上海棠凝笑靥。草长莺飞，正是浓春色。雪鹭霜鸥飘水榭，苍松翠竹穿山壑。　花木娇妍联棣萼。叶茂枝繁，蔓衍绵瓜瓞。烟雨清明安祖烈，乡村小道佳风月。

◎ **滕宝东**

黄鹤楼

谁能凭眺立荆州，阅尽千年万里秋。

雾锁庐衡连楚越，云托轸翼聚王侯。

人因鹤去随烟散，诗为楼题并世留。

劫难沧桑还有梦，今朝更看大江流。

又登香山

香炉玉笏又登临，帝苑风烟望古今。

多少金秋蒸紫气，几经霜叶落残琴。

禅门劫石松听法，空谷幽泉鸟唱林。

智境闻香拈妙谛，静宜花里梵心音。

◎ **杜昌海**

落　叶

野旷千峰远，林开一径深。

偷闲容小坐，红叶点秋心。

沁园春

岳西天峡游

远望神奇，近道天然，仰俯探幽。洗城乡烦恼，寻求梦境；佛山写意，抛弃沉浮。峡谷无穷，景深不尽，着眼无形峭壁收。刚吟罢，又聆听传说，美丽寻求。　流泉飞瀑神留，画中境、通天更自由。见飞流直下，滔滔不绝；苔藓壁上，漫漫无休。忘我人间，蓬莱至此，何不安宁时尚求。慢行步，赏天峡风景，点化春秋。

◎ **陈佩林**

清平乐

小城吟月

小街西处，月上梧桐树。这里谁知秋几度？问把天空云住。　竹子近影楼台，华灯比过花开。身陷小城夜色，有风为我徐来。

鹧鸪天

初　秋

只坐长亭片刻间，听来一曲鹧鸪天。故园漫漫落烟雨，秋韵潇潇入翠山。　弹旧调，弄新弦。离情岂是又乡关。心中落寞因何有？不过人生几道弯。

◎ **张立敏**

金顶观云

世事纷纭到古今，万千烦恼自宽心。
功名利禄知何似，静看松风卷暮云。

山东舰入列

又见艨艟挂满旗，万千思绪任驰之。
北洋劲旅空尊我，甲午惊涛痛者谁。
几代痴情非梦幻，百年志向忍迷离。
从今鬼魅休轻侮，教识雄风到海涯。

◎ **田成才**

壶　韵

醒作糊涂醉作迷，初心都付紫砂泥。
乾坤装进诗壶里，句润还须淬火题。

龙桥三叠泉

岩飞瀑布雪生烟，白练三垂挂壁前。
正酿情思无好句，清泉跳下入诗篇。

◎ **牛继和**

乡　愁

人生半百忆来初，总梦家山绕旧庐。
草棍青蒿堪作笔，风翻柳叶化成书。

沁园春

长城魂

万里连天，壮丽恢弘，绝佳无双。见东西穿拥，松涛荡荡；北南拂掩，山影茫茫。白骨黄沙，硝烟烽火，匈汉相争愁断肠。雁门忆，有昭君出塞，青冢流芳。　孟姜女送寒裳。别夫痛真情感上苍。读王维名句，岑参好曲；敦煌丝路，石窟云冈。如此多娇，纵横千载，盘亘绵延安土疆。护华夏，永花团锦绣，荣泰繁昌。

◎ 刘大伟

神农架九湖风光

九珠撒落玉峰前，山影红楼镜中眠。
远望林荫浓似墨，白云无意抖丝弦。

神农架赏香溪源

香溪山色绕苍龙，云海流霞影衬峰。
谁道昭君青史事，搜寻不见野人踪。

心心诗社

◎ 刘　毓

疫来宅居

尽日刷屏令眼昏，不知帘外已新春。
无眠只为瘟毒重，唯把冰心寄远人。

心心诗社三周年感吟

三载行来任苦辛，为推新韵久追寻。
谁知帐下无眠夜，怎晓腮边有泪痕。
步履蹒跚终可盼，征途开阔亦须勤。
今朝几许寒霜重，明日前头万木春。

◎ 舒继光

庚子腊月初夜偶成

如眉闲月似无聊，窥我心窗久寂寥。
旧岁曾学楚囚过，可怜今又照萍飘。

无　题

朔风霜雪又年关，一缕忧心越万山。
几件冬衣早邮父，不知能否御严寒。

◎ 张孝荣

冬　雪

昨宵瑞雪罩皇城，远眺楼群变大同。
捧起寒酥思发小，掌中化墨谱诗情。

早　春

岸边翠柳吐新芽，青草萌生正欲发。
待到幽兰香蓊郁，倚窗欣赏意中花。

◎ 蒲先鹤

诗友援疆支教有寄

中秋西望玉门关，齐鲁英才辞故园。
天路八千云与月，讲台三尺苦和甜。
雪山哨口秦时路，大漠清泉当代篇。
欲向桂宫赊月色，长空万里照君还。

消　夏

小筑依山深树幽，蔷薇架下自优悠。
炎炎夏日何足惧，风过竹林便似秋。

◎ 希　翼

冰凌花

轻纱白羽舞云烟，若隐桃源若隐仙。
谁个共依划小棹，采些浪朵采些莲。

心心诗社成立三周年感赠

幸遇众知音，相惜三度春。
远山叠远水，隔面不隔心。
笔底乾坤大，胸中日月新。
诗儿舟小小，却载谊千金。

◎ **张海泉**

笼中雀

只因贪念改初心，误把牢笼做野林。
忘却曾经云里客，天天献媚唱乡音。

居草屋感怀

荒寂贫宅谁叩问，草生肆意漫门边。
春来紫燕应怜我，肯把新巢筑旧檐。

◎ **李玉玲**

清明祭

只道阴阳便两清，杜鹃声里又相逢。
碑文字是断肠草，解药今生配不成。

长城落日

万里雄关暮色苍，台阶一步一悲凉。
夕阳跌入城墙下，溅起流光似血光。

◎ **周爱香**

题枣花

葱茏绿叶泛油光，五月花开淡淡黄。
许是清风怜我寂，隔帘频送枣花香。

父亲节有寄

老父当年亲手栽，经风经雨渐成材。
承欢膝下无寻处，唯有槐香入梦来。

◎ **彭文艺**

春　风

柔柔依旧是当初，轻抚山川草木苏。
不惧阴霾困荆楚，凭君一扫满眸舒。

初　夏

细细荷风少许凉，时听蛙鼓唱湖乡。
儿童捋袖急捉捕，荡起涟漪逐晚阳。

◎ **郎文义**

秋风明月

西风乍起夜初凉，野外群山淡淡霜。
依旧横空那轮月，鼠年事态不寻常。

冬　韵

玉树琼枝映碧空，千姿一夜上须绒。
莫言冬日只萧瑟，三九天寒是化工。

◎ **赵奎军**

冬　雪

剔透琼花舞北风，漫天绽放静无声。
苍茫大地君独占，万里山河一色同。

仲秋独酌

径取千金沽美酒，今宵邀月共登楼。
世间万事随它去，吾自独酌好个秋。

◎ **吕林林**

冬　雪

落絮无休为几何，遥知大地裸羞多。
堆成厚厚白棉被，且把人间丑陋遮。

早春思

窗寒又见雨濛濛，料想江南紫翠重。
恐是那人皆已忘，屏前未寄海棠红。

◎ **欧秋园**

太阳雪

大风起舞雪飞扬，百万精灵闪紫光。
东望云山天际下，玉龙横卧在家乡。

为新韵喝彩

诗海寻经几十载，盼得梅朵一枝开。
千年平水落花去，一曲新音踏雪来。
古木参天犹可敬，嫩芽破土必能才。
劝君诗赋走新道，求是方能久不衰。

◎ **王安国**

秋雨烟柳

风吹雨打河边柳，轻摆腰肢面带羞。
叶色沧桑迎雨露，烟云九月到金秋。

石缝之花

不幸孤身石缝中，万般理想俱成空。
英雄自有凌云志，绝地逢生一片红。

◎ **汪四海**

秋登采石矶有怀

其　一

霜天雁叫大江流，逸兴登游牛渚秋。
山顶阁台风瑟瑟，绝崖栈道水悠悠。
宋臣险败完颜虏，明将敢驱蛮子酋。
名胜时时成战地，常常据此固金瓯。

其　二

登临一望楚城秋，寥廓云天飞雁鸥。
怀吊重行崖栈道，吟诗再上太白楼。
文人御北传捷报，强虏侵南亡首酋。
千古石矶多少事，尽随江水向东流。

诗坛撷英

“迎新春”主题诗会

◎ 林　岫

鹧鸪天

京西颐阳山居杯酌迎春

白发稀疏老岁华，三分醉后喜涂鸦。鸿俦鹤侣时来往，微信屏期会面赊。　高岭屋，矮墙花。村居耕读淡生涯。迎春酒敬英雄树，抗疫忘身不听邪。

◎ 范诗银

八声甘州

春　雪

看雪飞雪舞又新年，天幕已重悬。念边关冷铁，冰河哨马，难写真寒。旧梦温来堪笑，射虎论阴山。吟断放翁句，霜剑轻弹。　更有朝阳晨月，剩残星几点，不负清圆。正苍鹰直举，疏草起晴峦。且由缰、退酋孤箭，恐寻来泥羽锈如钱。凭谁问、满腔热血，几旋尘烟。

◎ 星　汉

贺新郎

庚子除夕致诗友

往事须回首。看年来、欧风美雨，鸡争鹅斗。欣喜神州晴阳照，上下同心坚守。赢得个、乾坤清透。今夜预知明日好，把诗坛，也要重新构。且共饮，一杯酒。　视频对面休停口。全不管、朱颜已改，吟肩更瘦。犹有青头豪情在，韵格何曾卑陋。必然是、扫除污垢。天下兴亡君和我，染春风、携手朝前走。谈笑里，战辛丑。

◎ 钱志熙

金缕曲

咏水仙花

腊里开花早。向芳丛，闲勘细究，意犹难了。杏子单衫临风立，况是仙姿窈窕。更拥得，霓旌翠葆。洛水湘山天样远，倩长康画出烟波渺。又补作，一蓬岛。　　神人姑射雪肤皎。任庄生，寓言虚话，慰人怀抱。日下相逢俱作客，欲问南州近耗。又恐怕，江梅信杳。坐对浑忘琴书事，笑今番真个因花恼。金盏秀，银台小。

◎ 周啸天

春日植树天下诗林

予今种树汝乘凉，欲赠蘋花异代香。
汝坐霞光千道里，忆予曾对此斜阳。

注：天下诗林在郑州黄河边仙客来坊园区。

◎ 钟振振

踏莎行

和月分梅，带霜采菊。一肩挑出深山谷。说诗人是卖花人，卖花声里幽香扑。　　不拣怡红，不拈快绿。斑斓五彩都收蓄。读诗人是赏花人，赏花莫厌通宵烛！

◎ 张海鸥

凤箫吟

冬　荷

问何时，谦谦而立，允幽允静池塘。今宵人寂寂，无言辞旧岁，立苍茫。繁华曾过眼，算难留、最是时光。逢夏季、摇红染碧，照水芬芳。　　清扬。亭亭枝叶秀，婉如间、任尔炎凉。水亲云眷顾，怡然泥淖外，总是初妆。冷风寒雪里，便做了、冰玉文章。岁月久、荣枯次第，不改心香。

◎ 曹　旭

新年寄人

贺卡自题韵最真，美人遥隔楚江云。
一年怎禁无消息，除却梅花不忆君。

◎ 林　峰

卜算子

新春随想

梅似月光清，月在梅枝上。夜半春来谁复知，风过重宵朗。　　弹指百年间，大梦钧天响。尘沙历尽见琼台，歌板云中唱。

◎ 刘庆霖

过大年

爆竹烟花充宇庭，相围电视酒卮倾。
灯笼光引春归路，子夜钟声已泛青。

◎ 熊东遨

卜算子

辛丑立春日作

一夜朔风催，千树梅花笑。遥见青牛踏雪来，香满函关道。　　度尽劫波深，莫说壶天小。梦外江山梦里人，都在春怀抱。

◎ 李树喜

沁园春

望牛年

雪扰西窗，寒入三更，醉意迷朦。叹新冠既久，穿行首尾；官民协力，牢固长城。量子纠缠，飞船揽月，昏暗之中见曦明。更思量，把尘霾扫尽，月朗风清。　老来难舍笔耕，予一片痴心对后生。任歌台屏幕，真真假假；城乡市井，碌碌营营。天道宏猷，诗心不老，于太平中写不平。天欲曙，将俗词浅唱，混入牛哼。

◎ 宋彩霞

辛丑春声

岁月流金韵味长，一横一撇一曈方。
雪非眼下多元气，诗是心中小太阳。
顾曲平回俄又喜，知音得到岂寻常。
坚持或许被辜负，依旧人同红绿黄。

◎ 赵安民

柳腰轻

庚子除夕改近作迎新春

英姿飒爽芙蓉面，苗条柳，轻盈燕。逆风飞舞，白衣飘举，剪断青丝无怨。渡江汉，天使人间，斩顽凶，亮轩辕剑。　八载扶贫豹变，助乡亲，送穷荒甸。万方齐力，百年磨练，美丽神州惊艳。喜除夕，云聚群贤，颂新年，拙词芹献。

◎ 王改正

忆旧游

迎　新

一轮崭新的太阳，冉冉世界东方。续写春天的故事，高歌奋斗的辉煌。谋人民福祉，为家国富强。永葆初心，乘风破浪；牢记使命，扬帆远航。寄复兴梦想，书大块文章。乃诗怀浩荡，情志飞扬也。词曰：

看长天蓝蔚，一朵白云，爽爽风清。碧水东流去，浪花争绚彩，三两垂翁。桥边俦侣琴瑟，仰首看风筝。坐岸上翻屏，家山千里，微信叮咛。　匆匆。自别后，已过五十年，梦也空空。父老脱贫了，举瑶杯美酒，笑脸红红。是新时代乡里，童叟乐融融。笑我鬓霜白，何如归去能养生。

◎ 安洪波

立春晨跑

我听春脚步，一步一生芽。
入水明浮梦，潜林黄绽花。
心情闻擂鼓，身影过流霞。
向远高声喊，春呀快到吧。

◎ 杨逸明

迎新年

长风凛冽也温情，正送春天脚步声。
古砚苏醒吐今语，残枝抖擞盼初莺。

水仙携梦花齐放，“酒鬼”斟杯友共擎。老却皮囊浑不怕，诗心永远是年轻。

注：酒鬼，白酒名。

“迎三八妇女节，庆建党百周年”中华女子诗词大会启动主题诗会

◎**周文彰**

蝶恋花

半边天

碧野蓝天花烂漫。淡淡幽香，遥共风飘散。但幸世间多美艳，万般景致情无限。　　生性温柔人向善。举手之间，自有心灯灿。在岗一如英武汉，持家不计身心倦。

◎**范诗银**

一萼红

庆祝建党百年中华女子诗词大会

香山启动有贺

静宜春，挹轻风衔远，好一派红云。排浪松江，盘歌闽赣，飘作宝塔晴雯。向山海、传呼虹霓，催巷陌、飙焰举征轮。西柏坡前，天安门上，赋彩乾坤。　　相忆裁诗载句，看娉婷曼舞，婀娜伊人。空阔晴佳，飞裳旋袖，揾泪还语英魂。起檀板、铜琶玉管，倚新声、连韵解传薪。醉矣初心依旧，初梦犹真。

◎**陈文玲**

满江红

滚滚惊雷，长空炸、烟云飞踏。波似染、残阳如血，昆仑吐纳。七月星辰晖洒落，江河排浪英姿飒。战沙场，千壑万川行，丰碑拓。　　心漫卷，书撇捺。风猎猎，吟歌罢。恰雄狮已醒，田园广厦。气势磅礴交响乐，东方欲晓燎原画。复兴梦、绚丽而辉煌，红旗下。

◎**包　岩**

满庭芳

眼底江山，腹中诗句，故园携手朋俦。辉煌再启，戮力志方遒。吟弄小楼风雨，不如向，浪里飞舟。暂抛却，眉间心上，旧恨与新愁。　　百年知史鉴，昔时弱女，四海博求。共家国，一腔碧血悠悠。惠质灵心曾与，多少事，绕指成柔。今何去，人间如掌，掌上写春秋。

◎**张梅琴**

庆祝建党百年中华女子诗词大会香山启动有贺

好乘韶光第一枝，风中回荡报春词。骚坛女子多奇志，贺瑞迎逢百岁时。

◎**张丽荣**

为中华女子诗会庆建党百年感赋

母亲恩义比天高，岁在期颐蜡炬烧。
华夏女儿挥妙笔，诗词敬献胜蟠桃。

◎**宋彩霞**

临江仙

高德导航枫叶里，今天花事娇娆。百年霜雪霁全消。青云垂北海，暖日接西郊。我与香山元有约，吟中月笔千毫。初心使命在相招。春风方启动，诗海已成潮。

◎**胡　宁**

青玉案

致贺庆祝建党100周年中华女子

诗词大会启动

轻寒洇绿芳菲路，未把春行春误。歌鬟含烟碧云渚。扬州花慢，蓟都玉案，趁拍丝丝雨。　　相逢最是相知处，相契天涯难阻。姹女吟风抟丽句，颁花正月，看花月月，美韵香林序。

◎**胡　彭**

三八节贺庆祝建党100周年中华女子诗词大会启动

吟帜高张天地间，英姿文采两相看。
千秋事业家和国，百岁光阴暖与寒。
忆逐朝阳破迷雾，声随鸣凤透层峦。
迩来盛世锺风雅，笔墨香浓醉几番。

◎**王海娜**

鹧鸪天

喜讯飞传万里疆，才媛盛会惹情长。百年庆典诗中启，一代骚坛天下襄。　　先剪鬓，后梳妆，彩衣点染缀花光。中华女子有奇气，自比春山十倍香。

◎**吴兰卿**

贺庆祝建党100周年中华女子诗词大会启动仪式

百年党庆笼祥云，一望燕山草木欣。
献计何输梁苑客，登台尽着石榴裙。
能参梵界真三昧，敢让诗坛作二分。
试问风流谁主宰，迦陵麾下立千军。

◎**尹彩云**

鹧鸪天

三月京城分外娇。风光无处不琼瑶。香山接力开诗路，巾帼同心架韵桥。　　浓泼墨，醉挥毫。狂歌一曲颂今朝。百年逐梦春英灿，富裕花开遍九霄。

◎刘爱红

满庭芳

贺庆祝建党100周年中华女子

诗词大会启动有作

春到香山，静宜凝望，犹惊烽火波澜。当年击楫，奋力启红船。从此长川阔水，卷天地、旗舞风抟。常常念，长歌舒影，相与鼓筝弦。　　翩跹。笙笛处，霓裳漫舞，盛世婵娟。颂英烈先贤，肝胆拳拳。遥想峥嵘岁月，百年梦、还拓桑田。情犹切、丽姿巾帼，心语赋诗篇。

◎韩倚云

鹧鸪天

叶嘉莹先生荣获感动中国

2020年度人物致贺

已向神州尽寸衷，曾经劫难更从容。旷怀远纳初升日，椽笔高扬不老松。　　中外事，古今同。先生踪迹撼苍穹。泰山北斗风标在，依旧吟声彻碧空。

◎黄小甜

虞美人

祝贺庆祝建党100周年中华女子

诗词大会启动

晨星赶月无迟误，雅集香山处。喜看巾帼展雄怀，一半乾坤叱咤筑骚台。　　诗心都被春勾起，绮梦缤纷至。春风词笔恰天然，泼洒红黄橙紫竞嫣妍。

◎刘淑丽

庆祝建党100周年中华女子诗词大会启动仪式

女子弄文诚可钦，罗衣岂会掩诗吟。

五千里路江河月，一万年来天地心。

细雨翻为春日曲，晴窗检点白云箴。

此身何恨非男列，自信妙传自在音。

◎洪　珉

三八节致贺感动中国人物叶嘉莹先生

岂止风骚伴学灯，已融生命入华菁。

苏辛豪气凝冰骨，李杜高怀铸玉声。

但为传诗三阅世，复缘分美一倾情。

讲坛尽挹心泉水，濯洗沧桑澄澈明。

◎刘琴宜

庆祝建党100周年中华女子诗词大会启动

旧川疫雨暗征程，旗影香山女钿轻。

一骑绝尘春色里，诗家巾帼请长缨。

◎**张一南**

永遇乐

彤管斯文，清心玉映，林下风气。绕殿莲开，当筵草长，领略新春意。昭姬淹博，兰公绮密，簪合众香佳地。愧何能，叨陪末座，翰英一时堪记。　　乾坤百岁，沧桑牵复，幸值鸿均成济。歌舞辞荣，诗书得遇，雅会空青史。榜中名勒，只应羡煞，终古扫眉才子。且看取，江山日月，重晖盛世。

以诗会友

“岁末抒怀”主题诗会

◎ **滕佳佳**

岁末抒怀

千河凝玉草齐凋，望断天涯路几遥。
秦岭云横截信字，嘉陵水涌唱乡谣。
楼边夜月同清冷，庭院长风共寂寥。
心系归期常恻恻，开箱拟换客中袍。

◎ **徐新海**

无　题

只是凭栏醉看云，无心落笔咏新春。
空辞碧树风中叶，已散天涯梦里人。
渐起寒风吹碎雪，悄明灯火乱黄昏。
料得除夜钟声后，鬓底霜丝又几根。

◎ **唐宇辰**

新　春

从来春景节时佳，星落灯交万点花。
彩焰三更动箫鼓，钟声一夜过天涯。
风催旧事飞尘迹，雨入新年换物华。
摇曳应怜道中树，欲乘游子共还家。

◎ **许俊鸿**

新历正旦日作

西南流放滞黔天，过却人间又一年。
莫道地偏无乐土，心安何处不神仙。

◎ **陆晨光**

岁　杪

岁寒春在远，世物有无中。
舟逼苇花影，歌浮渔者踪。
冰轮知逝水，鹤迹隐孤风。
梅雪书窗顾，横斜向醉翁。

◎ **郝敬英**

岁杪感怀

光阴辗转又新春，为顾儿孙倍觉辛。
霜鬓频增清瘦骨，芳华递减弱偻身。
欲敲韵律多残阕，遍看周围无故人。
去日纷繁成旧梦，诗心永驻率情真。

◎ **张海全**

岁末抒怀

岁阑盘点问浮沉，对镜青丝被雪侵。
穷富无非名与利，兴衰皆是果和因。
苦敲平仄荒诸事，长叹诗书卖几文。
久处江湖于戏里，不知可否改初心？

◎ **马玉隆**

庚子岁杪赋思

子去丑将鸣，长空紫气盈。
风和融万类，日丽洒千城。
一梦新元启，三生旧恨平。
管他谁造化，我自笑归耕。

◎ **夏新权**

水调歌头

岁末感怀

年少师太白，诗酒剑神州。天真豪揽星月，青涩不知秋。尘网何能缚足，弯道只须直闯，撞破犟驴头。不喜涡盘转，未肯浪中流。　　杏林风，泥塘雨，半身囚。非干豪杰才子，资水一蜉蝣。回首关河千里，屈指功名无所，转眼是归舟。客别家山久，人在异乡愁。

“他乡纵有当头月，怎比家山一盏灯”主题诗会

原　诗

◎ **张伟新**

偶　感

夜半忽传电话声，欣闻犬子诉衷情。
他乡纵有当头月，难比家山一盏灯。

同题创作

◎ **李树喜**

母亲的油灯

山头转明月，窗内亮油灯。
母爱胜明月，为儿照一生。

◎ **刘文革**

灯与月

久惯他乡望月明，乡愁只向梦中生。
儿时风物全遗忘，除却娘亲那盏灯。

◎ **丁俊和**

客中除夕

客中此夜不言愁，暗把乡思付泪流。
遥望家山灯火远，今宵一醉梦为舟。

◎ **许东良**

乡　情

舟车满载故园春，入夜谁家不掩门？
檐下孤灯檐上月，三更犹在等归人。

◎ **赵殿贵**

灯与月

娘亲缝补夜灯残，几度叮咛细语绵。
端正为人如朗月，管他种地或当官。

续　诗

◎ **侯良田**

游子根

人在天涯飘远蓬，心魂万里扯长绳。
故园消息凭谁问，异客离愁任岁增。
情系小河弯几道，梦回香稻浪千层。
他乡纵有当头月，怎比家山一盏灯。

◎ **王循志**

思　亲

屡对荧屏梦不能，思儿千里夜来增。
他乡纵有当头月，怎比家山一盏灯。

◎ **何　斌**

庚子年关倍思亲

足困关河不得征，闲愁起处念犹升。
他乡纵有当头月，怎比家山一盏灯。

◎ **张志华**

思　乡

去岁归情客梦兴，心存底事夜堪增。
他乡纵有当头月，怎比家山一盏灯。

◎ **刘中原**

军人情结

他乡纵有当头月，怎比家山一盏灯。
最是从戎知此念，弯弓边海射苍鹰。

◎ **杨兰菱**

思　乡

爆竹声中愁渐增，无言独坐泪偷凝。
他乡纵有当头月，怎比家山一盏灯。

◎ **郝　俭**

江月怀乡

碧水清江似镜澄，熙光春浅化云升。
他乡纵有当头月，怎比家山一盏灯。

◎ **张焕英**

打　工

生计奔波远出征，硬拼苦战岁新增。
他乡纵有当头月，怎比家山一盏灯。

◎ **王　芳**

怨　月

他乡纵有当头月，怎比家山一盏灯。
满地相思都化雪，清辉偏又涨三层。

◎ **阿卫国**

乡　愁

他乡纵有当头月，怎比家山一盏灯。
万里蟾光何处去，椿萱梦底系长绳。

◎ 刘丽华

无　题

九载胡笳塞北听，知青屯垦戍边情。

他乡纵有当头月，怎比家山一盏灯。

◎ 胡方元

无　题

皓魄莹莹碧海澄，离愁却向小窗凝。

他乡纵有当头月，怎比家山一盏灯。

◎ 丁亚飞

无　题

他乡纵有当头月，怎比家山一盏灯。

静念身边驱疠者，何怜独自把栏凭。

诗界动态

“迎三八妇女节，庆建党百周年”
中华女子诗词大会在京启动

3月7日上午，由中华诗词学会、中华全国妇女联合会宣传部共同主办的“迎三八妇女节，庆建党百周年”中华女子诗词大会，在北京香山大学堂举行了启动仪式。活动中宣布了中华诗词学会女子诗词工作委员会新一届名誉主任、顾问和主任的任命，九十七岁的叶嘉莹先生受邀成为女工委名誉主任。现场播放了叶嘉莹先生专门为活动录制的寄语视频，还揭幕了以叶先生剪影为原型创作的中华诗词学会女工委标识。中华诗词学会会长周文彰，中华诗词学会副会长、女子

中华女子诗词大会正式启动

诗词工作委员会主任包岩，《中国妇女报》副社长薛小丽，北京大鸾翔宇慈善基金会理事长沈清等嘉宾，共同启动中华女子诗词大会的主题词花墙，开启了这场属于女性诗人的诗词盛会。

叶嘉莹先生任女子诗词工作委员会名誉主任，寄语当代女性诗人

在活动现场，周文彰会长将中华诗词学会女子诗词工作委员会名誉主任的聘书郑重授予现年九十七岁的叶嘉莹先生。就在不久前，叶先生刚刚被评为“2020 感动中国年度人物”。她一生转蓬万里，教书育人，矢志不渝地传播诗词文化，为全国女性诗人树立了光辉典范。未能来到现场的叶先生，专门为全国的女性诗人录制了视频。视频中，叶嘉莹先生肯定了女性在中国文学史上的重要地位和杰出贡献，同时表达了对当代女性诗人和女子诗学发展的鼓励和祝福。叶先生表示：“我相信，我们以后的女性诗人还会有更大的成就，祝贺大家，谢谢大家！”同时，中华诗词学会女工委标识也在活动上首次亮相，该标识以叶嘉莹先生手捧书卷吟诵诗词的形象为底本设计，别具匠心地采用了蓝、黄、粉三种配色，分别代表了“弱德”“包容”“美好”三种寓意。

叶嘉莹先生为活动录制寄语视频

张梅琴、张丽荣、吴兰卿解读女子诗词工作委员会标识

周文彰鼓励女诗人参与创作，妇联呼吁彰显巾帼之美

中华诗词学会会长周文彰在致辞中表示："在中国三千多年的诗词历史上，女诗人从来就扮演着重要的角色；中华女子诗词大会的启动，给广大女诗人提供了一个展示才华的舞台，提供了一所培训锻炼的学校，也成为引领更多女性热爱诗词、创作诗词的旗帜。"代表主办方中华全国妇女联合会宣传部出席活动的《中国妇女报》薛小丽副社长则表示："全国妇联愿意激扬巾帼之志、凝聚巾帼之力、彰显巾帼之美，团结各族各界妇女，为中华文化的复兴贡献力量。"

中华诗词学会会长周文彰致辞

新一届女子诗词工作委员会班子任命

会上，中华诗词学会常务副会长范诗银宣读了中华诗词学会新一届女子诗词工作委员会的任命，宣奉华、侯孝琼、陈文玲任中华诗词学会女子诗词工作委员会顾问，包岩任主任，张梅琴、张丽荣任副主任。

周文彰向陈文玲颁发顾问聘书

周文彰向包岩颁发女子诗词工作委员会主任聘书

呼吁“美善、智慧、自由”，开启女性诗词盛会

“迎三八妇女节，庆建党百周年”全国女子诗词大会，是中华诗词学会今年的重点活动。在活动现场，周文彰会长、薛小丽副社长、包岩主任、沈清理事长，以及香山大学堂堂主陈麒安女士、西窗文化公司创始人兼首席执行官（CEO）瞿章才先生手持鲜花，共同启动了中华女子诗词大会的主题词花墙——美善、智慧、自由，正式开启了这场属于女性诗人的盛会。“女性影响三代，女性的格局、品德和素养影响着一个家庭和民族的未来”。中华诗词学会副会长、女子诗词工作委员会主任包岩解释了这三个主题词，“我们呼吁，当代的知识女性，应当追求美善、智慧与自由。美与善不可分割，诗词可以承载和传播美善。以诗润人，可以美气质；以诗化人，可以美心灵。智慧是呼吁当代女性应当对生命的意义有深刻的认知，有哲学思辨能力，有独立判断和解决人生问题的能力；自由，是自由全面的发展。希望新时代的女性朋友，可以追求全面自由的发展，在广阔的天地里书写人生最美的篇章”。

中华诗词学会常务副会长范诗银宣读任命

此次“迎三八妇女节，庆建党百周年”中华女子诗词大会，由中华诗词学会、中华全国妇女联合会宣传部主办，“诗词中国”组委会、南开大学文学院、北京大鸾翔宇慈善基金会、西窗烛、香山大学堂协办，中华诗词学会女子工

作委员会承办。活动旨在迎接三八妇女节，庆祝建党一百周年，讴歌党的初心使命，歌颂在中华民族走向民族独立和伟大复兴的历程中，中国女性做出的艰苦卓绝努力。通过诗词作品，歌颂中国优秀女性，展现中国女性对中国共产党带领全国人民奋斗的伟大历程、取得伟大成就的赞美之情。据悉，该活动自2021年3月8日起至5月15日，面向全国女性诗人征集原创的传统诗词作品，分为“绝句”“律诗”“词”“古风”四个组别，诗友可通过“中华女子诗词大会”官方网站或关注“中华诗词学会女工委”“诗词中国2012”微信公众号注册，根据征集主题进行投稿，优秀作品将结集出版。

活动上，香山大学堂还被授予“诗词中国·香山创作基地”，启动仪式结束后，与会嘉宾在香山大学堂共同种下了三棵有“花中神仙”之名的海棠树，取宋代词人晏殊《诉衷情》词意，寓指“年年岁岁，共占春风”。在随后举行的“香山雅集”上，展示了周文彰会长为本次活动题写的卷轴，嘉宾们也纷纷分享了各自创作的主题诗词和书法作品。中华诗词学会副秘书长刘爱红、北京诗词学会副会长、北京航空航天大学副教授韩倚云，著名军旅作家、诗人王毅，北京语言大学教授刘淑丽，中国人民解放军文工团国家一级演员刘纪宏，北京大学中文系教师、中华诗教学会理事张一南等，也应邀出席了此次活动。

启动仪式后举行了“香山雅集”

鸣谢

《中华诗词》
《诗刊·子曰增刊》
《中华军旅诗词》
《中国韵文学刊》
《岷峨诗稿》
《上海诗词》
《当代诗词》
《江海诗词》
北京大学北社
中山大学岭南诗词研习社
武汉大学春英诗社
复旦大学古诗词协会
长安诗社

吉林省诗词学会
安徽省诗词学会
浙江省诗词与楹联学会
山东诗词学会
河南诗词学会
湖北省荆门聂绀弩诗词研究基金会
《文人空间》

长安诗社

中国韵文学刊

复旦大学古诗词协会

北京大学北社

中山大学岭南诗词研习社

武汉大学春英诗社

岷峨詩稿